David Lamb

La curiosa esperienza
di
Manus McShane

21 marzo 2000

Mi sono svegliato su una panchina. Infreddolito e con la schiena a pezzi. Avevo dormito per strada? Ho provato a ricordare, ma non ci sono riuscito. La mia mente era vuota. Mi sono sforzato di mettere insieme le idee. Avevo solo il niente che mi ronzava in testa. Non ricordavo neanche il mio nome. Possibile? Mi sono guardato intorno. Riconoscevo i giardini pubblici, ero a Belfast, zona Botanic Garden. Abitavo in città? Non lo sapevo, ma ero certo di conoscerla. Mi sono frugato in tasca. Avevo centocinquanta sterline, una carta di credito e l'indirizzo di un ostello con una prenotazione stampata a nome di Manus McShane. Non avevo né documenti, né uno straccio di prova della mia identità, ma quel nome doveva essere il mio, non c'erano altre spiegazioni. Ho guardato meglio la prenotazione: giorno ventuno marzo, ostello di Portrush. Arrivo previsto: ore diciotto.

Mi sono preso la testa tra le mani, non sapevo cosa pensare. Avrei potuto lasciarmi andare all'angoscia e allo sconforto, avrei potuto piangere per una vita che non ricordavo più, per una casa, una moglie o una famiglia, ma non l'ho fatto, era come se non fosse nelle mie abitudini. Mi sono alzato e incamminato verso il centro.

Riconoscevo i luoghi: l'Università, il Lavery e i vari quartieri che attraversavo. Camminavo lentamente con la speranza che qualcuno spuntasse all'improvviso e mi gettasse in faccia i pezzi del puzzle della mia vita. Era una speranza flebile, ma pur sempre una speranza, e la speranza era l'unica cosa di cui avevo bisogno.

All'incrocio di Shaftesbury Square ho preso per Great Victoria Street. Ho sfiorato la prenotazione nella tasca con le dita. Sono entrato in un negozietto e ho sbirciato nel portariviste. Ho preso un giornale e, guarda caso, la data era proprio il ventuno marzo. Un bello scherzetto del destino.

Continuare ad andare a zonzo per la città non aveva molto senso; se avessi avuto dei familiari, avrebbero denunciato la mia scomparsa, e in un modo o nell'altro, sarei tornato a casa. Non avevo altra scelta, l'unica traccia da seguire era a Portrush.

Sono entrato nella stazione ferroviaria di Great Victoria Street senza bagaglio e senza passato e ho chiesto un biglietto per Portrush. Due ore di viaggio.

Arrivato nella cittadina, sono volato all'ostello. Una signorina bionda dall'accento americano mi ha sorriso da dietro il bancone. Si chiamava Betty, era scritto sul cartellino. Le ho mostrato il foglio della prenotazione: tre notti.

2

Ero stato io a farla? Il dubbio mi ha percorso lo stomaco, ma non potevo chiederlo.

"Manus McShane," ha detto Betty ad alta voce.

Mi ha fatto uno strano effetto sentire il mio nome, come se appartenesse a qualcun altro, ma dovevo abituarmi e memorizzarlo, era l'unico legame con la mia vita precedente.

La signorina mi ha indicato il letto nella camerata, ho ispezionato l'ambiente e sono uscito per esplorare il centro. Era una giornata ventosa con le nuvole basse e la pioggia che cadeva a tratti. Portrush aveva tutta l'aria di essere una località molto frequentata in estate con un grande luna park e una bella passeggiata lungo mare che si distendeva fino ai campi da golf. Era facile immaginarla piena di vita nei mesi più caldi.

Camminare per le strade deserte mi ha fatto salire una tristezza a cui non ero preparato. Sono entrato in un pub e ho ordinato una birra. Mi è sembrata la cosa più naturale da fare per togliermi di dosso quella sensazione fastidiosa. Dopo alcuni sorsi ho chiesto al barista se fossi mai stato in quel locale. Una cosa stupida, lo so, ma in quel momento ho pensato che fosse una buona idea.

Mi ha guardato storto.

Mi sono sentito in dovere di giustificarmi e gli ho detto che soffrivo di amnesie, specialmente dopo una sbronza.

"Non è l'unico, signore."

Ho abbandonato l'idea di ottenere una qualsiasi informazione da lui. Finita la birra, mi sono fermato a mangiare un panino e sono rientrato in ostello.

Sono rimasto nella sala comune a sorseggiare un tè e guardare la TV. Mi illudevo di veder spuntare una mia foto segnaletica al notiziario. Il televisore urlava alla stanza deserta le tragedie che affliggevano il mondo, ma la mia rimaneva silente.

Prima di coricarmi, sono passato di nuovo dalla reception e ho chiesto in prestito una penna. Betty era ancora in servizio.

"Voglio tenere un diario di viaggio," le ho detto.

Era così entusiasta della mia idea, che mi ha regalato perfino un quaderno.

La verità è che ho il terrore di svegliarmi domani mattina e di avere dimenticato di nuovo tutto. Non ricordo chi sono, ma voglio ricordare chi sto diventando, così ho iniziato a scrivere questo diario.

22 marzo 2000

La prima cosa che ho visto quando ho aperto gli occhi è stata la rete metallica intrecciata del letto sopra al mio. Ero in ostello, lo ricordavo, e ricordavo tutto quello che era successo il giorno prima: la sveglia sulla panchina, il viaggio a Portrush e l'inutile ricerca di me stesso in un pub. La mia memoria non si era cancellata durante la notte. Era una buona notizia.

Mi sono alzato dal letto con l'intenzione di fare una doccia, ma non avevo niente con me. Sono sceso alla reception, ho pagato la cauzione per un asciugamano, e mi sono infilato nel bagno comune del primo piano.

Mi sono spogliato. Con la coda dell'occhio ho guardato la mia figura nuda riflessa nello specchio. Avevo qualcosa tatuato sulla spalla sinistra. Mi sono voltato per esaminarlo meglio. Erano quattro numeri: 0498. L'ho appuntato subito, ero ossessionato dalla paura di dimenticare.

Mi sono arrovellato su quale potesse essere il significato di quelle cifre. Ho immaginato le cose più disparate: un numero di matricola, un codice segreto, una combinazione. L'ho sfiorato con la punta delle dita per qualche istante; l'ho fatto con delicatezza, come se stessi accarezzando il passato.

Dopo colazione mi sono dilungato a scrivere una lista di cose da fare. Le mie necessità primarie erano comprare cibo e vestiti. Anche scoprire qualcosa sulla mia vita precedente era una priorità, ma non sapevo da che parte iniziare. Sono uscito. Speravo di trovare la soluzione fuori dalla porta dell'ostello.

Ho girovagato per un po' sulla spiaggia. La sensazione di esserci già stato è stata intensa. Riflettendoci, la cosa non è affatto strana, se, come penso, vengo da Belfast, ci sono buone probabilità che ci abbia passato del tempo.

Verso mezzogiorno ho addentato un panino in un posto squallido: dai muri bianchi spuntavano dei poster sbiaditi di cibo fotografato nei piatti di qualcun altro. Sono uscito disgustato e deciso a rientrare in ostello per un tè caldo, ma dopo pochi passi ho sentito urlare il mio nome.

"Manus!"

Mi sono voltato pieno di speranza e terrore allo stesso tempo. Sentire il mio nome mi ha dato i brividi. È stata una sensazione difficile da descrivere. Ripensandoci adesso, direi che è stato come se avessi avuto paura di sapere.

Non so chi mi aspettassi di vedere, sicuramente non lui, un barbone sulla cinquantina che mi guardava fisso.

"Manus!"

"Ci conosciamo?"

"Sette anni fa, ricordi?"

"A dire il vero, no."

Non ho detto altro. Ho preferito evitare di raccontare delle mie amnesie.

"Beh, ne è passato di tempo e io non sono proprio lo stesso," ha continuato l'uomo.

"Sette anni sono tanti."

"Eh già, ero giovane e bello all'epoca, e molto diverso da adesso," la sua bocca si è aperta in un sorriso, mostrando la dentatura rada e putrida.

"Dove ci siamo conosciuti?"

"Davvero non ricordi?"

"No."

"Forse ho sbagliato persona, allora."

"Come fai a dire che ti sbagli? Mi hai chiamato per nome."

"Ci sono tanti Manus in giro…"

"Ma io sono l'unico che hai chiamato. Non può esserci un altro Manus con la mia faccia."

"Non lo so, dopo anni passati in strada a bere, la mia testa immagina cose che non esistono."

"Come ti chiami?"

"Séamus."

"Senti, Séamus, non so come dirtelo, ma anche il mio cervello fa le bizze, e ultimamente ho diversi vuoti di memoria. Se sai qualcosa su di me, ti prego, dimmelo."

"Sei malato? Scusa se sono stato così diretto."

"No, o forse sì. Non lo so. So solo che non ricordo niente."

"Niente di niente?"

"Purtroppo."

"Oh, Cristo, Manus, non ricordi davvero quello che è successo sette anni fa? Com'è possibile?"

"Sarò completamente sincero, Séamus, per qualche motivo mi fido di te. La mia storia è breve, troppo breve. I miei unici ricordi risalgono a ieri mattina: mi sono svegliato su una panchina a Belfast con addosso questi vestiti, una prenotazione in tasca per un ostello qui a Portrush, e senza neanche un bagaglio. Non so altro."

"Oh, Gesù."

Si è fermato. Speravo che avesse qualcos'altro da dire.

"Beh, Manus, quando ci siamo incontrati, eravamo in una situazione instabile e molto pericolosa."

"Dovrei ricordarmi?"

"Assolutamente. Ti puoi dimenticare il compleanno di tua moglie, ma non quello che abbiamo vissuto."

"È così terribile?"

"Sì."

"Non lasciarmi nel dubbio, Séamus, ti prego, raccontami anche se dovesse farmi del male."

Séamus mi ha guardato stranito. Era indeciso, lo capivo. Piombare nella vita di un uomo e raccontargli le sue malefatte non doveva essere semplice.

Dopo una pausa interminabile ha abbassato gli occhi e ha iniziato a raccontare cercando di evitare il mio sguardo.

"Ci siamo conosciuti quando eravamo nel movimento repubblicano, erano i primi anni '90 e tu avevi poco più di vent'anni. Io ero già all'interno da tempo. Come tanti altri giovani, ti eri unito per vendicare la tua famiglia che era stata massacrata dai lealisti. Eri straripante di rabbia e voglia di giustizia. Mi ricordo di te perché odoravi di furia e rancore."

"Cosa significa il movimento repubblicano? Chi sono i lealisti?"

Séamus si è guardato intorno e a bassa voce a detto: "L'IRA, ti dice niente questo nome? E l'UVF?"

Avevano qualcosa di familiare, ma non riuscivo a connettere quelle sigle con dei veri ricordi.

"Dalla tua espressione direi di no," ha aggiunto.

Séamus mi ha raccontato la storia del movimento repubblicano e della controparte lealista in modo molto confuso. Le parole gli uscivano dalla bocca spezzate dall'alcol e dall'emozione. Una cosa, però, l'avevo capita: avevo fatto parte di un gruppo paramilitare.

"È terribile, Séamus. Ci siamo incontrati qui, a Portrush?"

"No, Manus, Portrush non era posto per noi. Ci siamo conosciuti a Derry, nel battaglione della città. È là che ti sei arruolato."

Sono rimasto senza parole, l'unica traccia della mia vecchia vita era spaventosa.

"Capisco il tuo turbamento, ragazzo, vai a farti una birra e rilassa i nervi."

"Non credo che ci riuscirò."

"Se vuoi veramente scoprire qualcosa, ti consiglio di andare a Derry, dove tutto è iniziato."

Ho annuito.

"Ti faccio un'ultima domanda prima di andare: avevamo l'abitudine di tatuarci dei numeri sulla spalla?"

"Non mi pare."

"Un numero di matricola o qualcosa di simile?"

"No, Manus, noi non eravamo l'esercito."

Mi sono tolto la maglia e gli ho mostrato il mio tatuaggio incurante degli sguardi dei passanti e del vento di marzo.

"Non saprei che dirti, sembra un codice, una combinazione. Forse una cassetta di sicurezza. Potrebbe essere qualsiasi cosa."

Séamus ha strofinato le sue dita ruvide sopra all'inchiostro bluastro per qualche istante, poi si è ricomposto.

L'ho ringraziato lasciandogli venti sterline e mi sono allontanato. Avevo bisogno di rimanere solo e digerire quelle notizie, se mai ce l'avessi fatta. Le informazioni che desideravo conoscere questa mattina, adesso le avrei volute dimenticare. La pista era bizzarra e terrificante allo stesso tempo.

In ostello, Betty era ancora dietro alla reception. Le ho chiesto qual era il modo migliore per arrivare a Derry

"C'è un treno ogni ora che porta a Londonderry."

Il resto della giornata l'ho passato a scrivere il diario e provare a immaginare quale altre cose spaventose avrei scoperto a Derry. O Londonderry.

23 marzo 2000

Ieri sera, prima di andare a letto, mi sono seduto al computer dell'ostello per dare un senso alle parole di Séamus. È stato un suggerimento di Betty, le ho detto che avevo bisogno di cercare alcune informazioni storiche, e lei mi ha consigliato di consultare internet.

"Abbiamo messo internet da poco, magari trovi qualcosa. Vai su AltaVista e digita quello che cerchi."

"Non credo di capire."

"Anche io non sono molto brava, ma sto imparando. Devi aprire Netscape, andare sul motore di ricerca AltaVista e scrivere quello che vuoi trovare nella barra in alto."

Vedendo la mia faccia inespressiva, Betty ha sorriso e si è avvicinata mostrandomi il procedimento.

È stato tutto molto lento, le pagine impiegavano lunghissimi minuti prima di apparire sullo schermo.

"Ci sono molte persone in rete, per questo ci vuole così tanto per caricare una pagina," ha spiegato Betty.

Era un gergo che non capivo. Caricare dove?

Un paio d'ore più tardi ero riuscito a estrapolare informazioni da alcune schermate colorate. Non era molto, ma leggendo, un brivido di familiarità mi ha percorso le viscere. La storia farfugliata da Séamus aveva una logica: la guerra civile è stato un conflitto fratricida nato dalla discriminazione, ecco quello che ho capito. E io, secondo il racconto di Séamus, ero dalla parte dei discriminati. Ero giustificato di fronte alla storia? Non lo so, ma non lo ero di fronte ai miei pensieri. Sono andato a letto ancora più agitato di quanto non lo fossi dopo la rivelazione di Séamus, sapendo di aver combattuto in un'organizzazione paramilitare. Mille domande mi hanno attraversato la testa. Una in particolare mi faceva tremare le budella: avevo ucciso? Era una sensazione atroce e insopportabile. Ho cercato di pensare che non fosse possibile. E se Séamus avesse mentito per un suo tornaconto personale, per avere una mancia più grande da poter spendere in alcol? Mi sono addormentato senza risposte sperando di trovarne a Derry.

Il viaggio è durato quasi due ore durante le quali ho cercato di indovinare la funzione dei quattro numeri tatuati sulla mia spalla. L'ipotesi più fantasiosa era quella di una cassetta di sicurezza che nascondeva la storia della mia vita. Mi è scappato un sorriso, avrei assecondato qualsiasi ipotesi pur di sapere.

La città mi ha accolto con una pioggerellina fredda e fina, e con una stranezza: la stazione è sul lato opposto del fiume, lontano dal centro. Bizzarro.

L'ostello che ho prenotato, invece, è di fronte alla centrale di polizia, non proprio di buon auspicio per ciò che ho scoperto sul mio passato.

Lo staff è simpatico. Sono stato subito coinvolto nelle attività della struttura e invitato, per non dire obbligato, al barbecue della sera. Cinque sterline per mangiare tutto ciò che volevo.

Il manager è un inglese, Peter, e ha insistito affinché mi unissi a loro per una spedizione al pub. Ho accettato e mi sono sbronzato. Pur essendo lunedì, il locale era pieno e la musica ottima. La zona era chiaramente repubblicana, lo si capiva dai simboli.

Ho parlato con alcune persone del gruppo, per lo più australiani in viaggio con un tour organizzato e con un italiano che abita in Scozia, un certo Leo che ha attirato la mia attenzione. Non ricordo molto di quello che mi ha detto, avevo già bevuto abbastanza, ma una cosa mi è rimasta impressa, lavora come custode di un'abbazia su un'isoletta.

Alla chiusura del pub, siamo tornati in ostello. Peter ha aperto di nuovo il barbecue elettrico e cucinato le rimanenze di hamburger per tutti. È iniziato l'after party, come lo chiamava lui.

Sono apparse delle birre e perfino un bar. Peter ha aperto la porta del magazzino ed è spuntato un vero e proprio bancone in legno. Si poteva acquistare birra per una sterlina. Speakeasy, lo definiva, un pub illegale. Abbiamo bevuto e giocato a biliardo. Peter ha spillato soldi a dei poveri australiani smidollati che lo hanno sfidato, e ha fatto lo scemo con un paio di ragazze mentre io continuavo a tracannare lattine di sidro.

Non ho scritto molto oggi, è vero, ma avevo bisogno anche di una serata come questa.

24 marzo 2000

Mi sono svegliato tardi. Ho aperto gli occhi quando sono entrati i ragazzi dello staff per pulire la stanza. Si lamentavano di qualcuno che aveva pisciato nel letto accanto al mio. Ho dato la colpa al panzone che aveva russato tutta la notte e aveva tenuto la camerata sveglia con quel suo ronfare intermittente. Anche se non era stato lui a farsela sotto, si era meritato gli insulti di tutti.

Dopo colazione ho iniziato a pianificare le mie ricerche. Non sapevo da dove cominciare, poi pian piano si è fatta largo l'idea di partire dal Bogside, il quartiere cattolico con i suoi murales di cui avevo letto la storia il giorno prima.

Sono uscito. Camminavo cercando di elaborare una modalità investigativa, ma non mi venivano grandi idee.

Ho percorso Lecky Road, la via principale del Bogside, un paio di volte. Non c'era molta gente in giro, solo case popolari e un pub semideserto. La giornata era ventosa e stavo per tornare in ostello, quando ho notato l'indicazione per un ufficio del Sinn Féin. Ho pensato che fosse l'unica connessione con l'IRA e ho deciso di provare.

La sede del partito aveva ampie vetrate dagli infissi verdi. Sono entrato e ho chiesto semplicemente se avessi fatto parte del movimento repubblicano negli anni '90.

Forse l'approccio è stato troppo diretto. La signora ha spalancato gli occhi e iniziato a sbraitare che la mia richiesta era fuori luogo, che i tempi del conflitto erano passati e che non erano domande accettabili.

Ho provato a spiegare la mia situazione, ma non ha voluto sentire ragioni e mi ha invitato rabbiosamente a uscire.

Così ho fatto.

Ho vagato senza meta per un'altra mezz'ora poi sono salito sulle mura della città vecchia. Ho camminato fin sotto una torre di una caserma militare e mi sono fermato sul bastione che guarda il Bogside dall'alto. Ho contemplato per un tempo indefinito le case a schiera che si allungano sulla collina attorno alla cattedrale cattolica, cercando di aggiustare i pensieri con lo sguardo.

Era difficile digerire il passato così come me lo aveva raccontato Séamus. L'idea di appartenere a un gruppo terroristico mi opprimeva. Pensare di aver fatto saltare in aria civili, distrutto famiglie o commesso chissà quali atrocità mi toglieva il fiato. Le gambe hanno iniziato a tremare, il corpo si è ribellato e una fitta acuta allo stomaco mi ha fatto perdere lucidità. La vista si è annebbiata e mi sono accasciato sulle pietre del selciato.

Un signore che stava passeggiando con il cane si è avvicinato per assicurarsi delle mie condizioni di salute.

"Tutto bene, solo un piccolo mancamento," ho detto.

Con il suo aiuto sono tornato in piedi. Ho rivolto lo sguardo un'ultima volta al quartiere del Bogside. La mia storia è iniziata laggiù, e devo ripercorrerla. Domani. Oggi non riesco più a pensare. Sono tornato in ostello e mi sono buttato sul divano. Ho aggiornato il diario e sono ancora qui. Spero di parlare con qualcuno per distrarmi dal veleno che ho dentro.

25 marzo 2000

La ricerca della mia identità sembra essersi arenata davanti al Free Derry Corner. Ho vagato per il Bogside come un idiota tutto il giorno nella speranza di essere riconosciuto. Dopo la figuraccia alla sede del Sinn Féin, non ho voluto forzare la mano del destino facendo troppe domande.

Sono rimasto in giro più a lungo del previsto, gli abitanti del quartiere sono molto gentili, salutano i passanti per strada e questo, all'inizio, mi ha tratto in inganno. Ho pensato che si ricordassero di me, invece è solo un'usanza locale.

Ho scambiato quattro chiacchiere con i negozianti e con le persone che ogni tanto si fermavano a parlare con me, ma non sono riuscito a carpire niente di importante. Alcuni ragazzi del quartiere mi hanno chiesto se stessi cercando qualcuno. Volevo rispondere me stesso. Non l'ho fatto. Ho capito che dovevo cambiare tecnica. Il mio camminare in modo sconclusionato per quelle strade aveva attirato i sospetti dei residenti. Avranno pensato che fossi un turista troppo curioso, o peggio, uno sbirro in borghese. Non volevo innescare reazioni violente e ho deciso di lasciar perdere.

Prima di rientrare in ostello mi è venuta voglia di verificare la teoria della cassetta di sicurezza. Avevo visto diverse banche in città, ne ho scelta una e sono entrato.

Mi ha accolto una signora sorridente e le ho spiegato che mio nonno mi aveva lasciato il numero di una cassetta di sicurezza con dei documenti importanti per l'eredità. Non so se la storia fosse verosimile, ma la donna è stata disponibile e cortese.

Le ho detto il codice: "Zero, quattro, nove, otto."

La sua espressione si è improvvisamente incupita. Cercando di non mostrare impazienza ha affermato che le cifre sono sempre precedute da tre lettere.

Ho detto di aver sbagliato qualcosa e sono uscito.

Mi sono sentito un imbecille per la figuraccia. Non potevo entrare in ogni istituto di credito della città e cercare una fantomatica cassetta di sicurezza. Quali prove avevo che fosse esistita davvero? Nessuna. Era solo una suggestione provocata dalle parole di Séamus.

Ho deciso di rinunciare.

Verso le quattro sono rientrato in ostello. Peter mi ha invitato a uscire al solito pub. Non me la sono sentita. Ho scritto questa paginetta e adesso vado a dormire.

26 marzo 2000

Alle undici di ieri sera dormivo già. L'ostello era semivuoto e non ho avuto difficoltà ad addormentarmi; nessuno russava o si pisciava sotto.

Questa mattina mi sono svegliato con una sensazione di ansia che mi toglieva il fiato, una paura viscerale. I pensieri erano confusi e negativi. Mi sono dovuto alzare dal letto per fuggire i tentacoli della mente. Ho cercato di mettere insieme le idee e di capire quale fosse lo scopo dei numeri sulla mia spalla, se mai avessero un significato, ma non sono arrivato a niente di concreto.

Ho passato il resto della mattinata sul divano ad ascoltare Peter. Lui aveva voglia di parlare e io di distrarmi. Mi ha raccontato la storia della sua famiglia: era nato in Inghilterra, la madre originaria di Derry e il padre inglese. Mi ha confessato che si era trasferito in città perché nel suo paese aveva combinato un grosso guaio e aveva dovuto cambiare aria. A Derry si era ambientato benissimo, usciva ogni sera, andava al pub e trovava sempre una donna con cui divertirsi. Doveva essere vero, gli si illuminavano gli occhi quando ne parlava. Non aveva nessuna intenzione di tornare in

Inghilterra, la città lo aveva accolto regalandogli donne e alcol, ed era tutto ciò che a lui interessava. Dimenticavo il Liverpool, era un tifoso accanito, ed era talmente fortunato che l'ostello aveva la TV a pagamento dove poteva guardare le partite della Premier League. Sembrava l'uomo più felice al mondo. E forse lo era.

Ho abbandonato Peter alla sua felicità, verso mezzogiorno sono uscito per fare una passeggiata dall'altra parte del fiume. Non ho trovato granché, solo zone residenziali e commerciali e ne ho approfittato; sono entrato in un grande magazzino e ho comprato dei vestiti.

Sulla via di ritorno mi sono affacciato su uno dei quartieri protestanti. Le bandiere dell'Union Jack sventolavano orgogliose e il tricolore britannico ravvivava i marciapiedi grigi e scialbi. L'ho attraversato con le borse della spesa. Una signora si è affacciata alla porta, mi ha squadrato, o forse è stata solo una mia impressione, e poi è rientrata. In fondo alla strada dei ragazzini giocavano a pallone. Non badavano a me, così mi sono avventurato per una stradina laterale che mi ha riportato sulla principale.

Ripensandoci adesso, credo di aver attraversato la zona protestante per sfida. Speravo che qualche vecchio paramilitare unionista si ricordasse della mia faccia, anche se questo avrebbe significato farsi rompere le ossa. Era un modo contorto di accertarmi che i racconti di Séamus fossero veri, ma non è successo. Anche quello che doveva essere il nemico sembrava aver perso la memoria.

Sono tornato in ostello. Alle cinque è arrivato un altro gruppo di scorreggioni australiani. Ho partecipato al barbecue e mi sono sbronzato giusto per passare il tempo e fare due chiacchiere. Prima di scrivere il diario ho controllato il portafoglio, tra i vestiti e le bevute mi sono reso conto di avere speso troppi soldi. Mi devo dare una regolata, le sterline stanno rapidamente scemando e devo trovare il modo di prelevare da quella maledetta carta di credito.

27 marzo 2000

Peter, a modo suo, è simpatico, cerca di coinvolgermi nelle attività dell'ostello ed è sempre disposto a scambiare due parole, ma preferisco tenerlo all'oscuro sul motivo della mia permanenza a Derry. Gli ho raccontato che sono in città per alcune ricerche genealogiche e penso che se la sia bevuta. A essere sincero, non credo che fosse veramente interessato alla mia storia. Peter mi sembra un gran chiacchierone e sono convinto che userebbe le informazioni per un qualche suo tornaconto, come portarsi a letto le turiste. Parla solo di quello. Si vanta delle sue conquiste in continuazione e stamattina, per rimanere in tema, mi ha consigliato di visitare un pub alternativo frequentato da studentesse straniere e vecchi rivoluzionari. Un luogo pittoresco, l'ha definito.

La descrizione di Peter mi ha incuriosito e nel pomeriggio sono andato in esplorazione.

Sono entrato e ho pagato un giro di bevute a coloro che stavano al bancone, un'ottima strategia per iniziare una conversazione. Ho fatto conoscenza con un sacco di persone: un signore di Muff dalla parlantina inesauribile, un vecchio socialista disilluso e altri personaggi che adesso non ricordo.

Il pomeriggio è passato al ritmo di pinte e fesserie da pub fino al momento in cui ho creduto che la fortuna avesse finalmente aperto le porte del mio passato. Uno dei miei compagni di bevute ha indicato un signore dai capelli bianchi: "Quello è un vecchio leader del movimento per i diritti civili."

Preso dall'entusiasmo mi sono alzato e sono andato a salutarlo. Gli ho detto che all'inizio degli anni '90 ero in città e che qualche volta avevamo bevuto insieme. Gliel'ho buttata lì. Lui, però, non si ricordava.

"Mi chiamo Manus McShane."

Niente.

Sono tornato al mio posto, deluso, e ho continuato a bere.

Dopo non so quante pinte, mi sono ritrovato a un tavolo con della gente simpatica. Uno di quelli, John mi sembra si chiamasse, ha raccontato una storiella divertente sul fatto che si era scordato il pin della sua carta, ma non riusciva a dimenticarsi il numero di telefono della sua ex fidanzata. Scritta così non sembra molto divertente, ma il modo in cui lo raccontava faceva ridere. "Quattro numeri," diceva, "solo quattro cazzo di numeri e non riesco a ricordarli, è la seconda volta che mi succede. Invece il numero di quella stronza te lo posso dire a memoria 078…"

È stato in quel momento che ho avuto una rivelazione. Quattro numeri, come quelli che ho tatuato sulla spalla. Avevo risolto l'enigma? Mi sono alzato e sono andato al bancomat più vicino. Ha funzionato! Ho prelevato e ho controllato il saldo. Avevo intorno alle seimila sterline sul conto, avrei potuto andare avanti per un bel po'. Sono tornato al pub e ho offerto un giro di birre a tutti per festeggiare. Sono rimasto fino alla chiusura e sono tornato in ostello sbronzo. Di nuovo.

30 marzo 2000

Non ho più scritto, sono passati alcuni giorni e non ne ho più avuto voglia. Non è accaduto niente che valesse la pena di essere raccontato, a parte curare un dopo sbronza che è durato ventiquattrore.

Dovrei essere felice, finalmente ho accesso ai miei soldi, e invece mi sento giù. Tutti i miei tentativi di sapere chi è Manus McShane si sono rivelati fallimentari, e la frustrazione che ne è derivata mi ha fatto scivolare nel vortice di una tristezza infinita. Mi sento perso. Sono stanco di camminare per la città, conosco ogni metro quadrato di asfalto e case a schiera, ormai.

Indugiare nella birra non ha fatto venire a galla alcun ricordo. Inizio a credere di non avere nessuno. Questa verità mi tormenta nelle ore più buie; i pensieri si rincorrono all'infinito in un fiume di malinconia e rancore, e tutto quello che riesco a immaginare, sono le mie dita che spezzano le vite degli altri con una semplice carezza del grilletto.

È difficile non pensare. In alcuni momenti mi sento più forte del solito e prendo coscienza del mio passato, mi convinco che chiunque sia stato Manus McShane, se ne sia andato insieme alla mia memoria.

La mia mente vaga in un circolo che mi trascina al limite del precipizio e poi mi fa risalire nella gloria della speranza; non riesco a comandarla, mi trasporta in queste montagne russe di alti e bassi senza avere la possibilità di scendere.

Passo le giornate così, cercando di addomesticare i pensieri che sembrano non volerne sapere di farsi imbrigliare. E intanto rimango apatico perso nell'immobilità del mio corpo.

31 Marzo 2000

Qualcosa è cambiato nella mia testa, è successo questa mattina. Stavo perdendo tempo in ostello guardando i volantini turistici e i poster appesi alle pareti. Mi sono soffermato a osservare una cartina che indicava i personaggi e i luoghi famosi della regione, cercando di distrarmi. In quel momento ho capito che potevo avere una nuova chance. La Repubblica d'Irlanda è dietro l'angolo e Letterkenny non è poi così lontano. Forse lo sapevo, o forse no, però è stato guardando la cartina che ho avuto l'illuminazione: attraversando il confine avrei potuto iniziare una nuova vita lontano dal mio passato e vivere senza dover sapere a ogni costo quanto male ho fatto. Non posso neanche soffrire di quel rimorso, che senso ha volerlo immaginare?

Ho sentito una grande forza che mi ha fatto capire che dovevo abbandonare questa inutile ricerca e ricominciare dal giorno del mio risveglio, il ventuno marzo. Sembrerà banale, ma mi sono reso conto di essere vivo. Mi sono toccato un braccio, il contatto con la pelle mi ha fatto capire che esisto.

Respiro, parlo con la gente, sono qui, ora, perché dovrei accanirmi a ricercare una coscienza che non è più in me? Ho deciso di partire. Domani prenderò un autobus per la Repubblica e ricomincerò la mia vita da lì. Adesso esco e vado a controllare gli orari degli autobus.

Alla stazione non ci sono mai arrivato, mi tremano ancora le mani al pensiero di quello che è accaduto. Sono nella mia camera in ostello e devo trovare il coraggio di scrivere.

Stavo camminando verso il centro per dare un'occhiata agli orari per Letterkenny, quando una macchina si è accostata. Ho visto il finestrino abbassarsi e qualcuno ha chiesto: "Manus McShane?"

Tre uomini mi stavano scrutando da dentro la vettura.

"Chi siete?" ho chiesto.

"Amici."

Mi sono abbassato per guardare meglio, indossavano dei giubbotti di pelle scuri e uno di loro teneva una pistola puntata verso di me.

"Sali."

Non avevo molta scelta, sono salito.

"Allora sei tornato, eh?"

"Tornato da dove?"

"Fai lo spiritoso?"

"Sentite, non so chi siete, non ricordo niente del mio passato. Se ho fatto qualcosa vi giuro che non riesco a ricordarlo."

"Stronzate."

"Dovete credermi!"

Il tizio che teneva la pistola puntata mi ha colpito al volto. Un dolore freddo e intenso è rimbombato all'interno del mio cranio.

"Adesso ti portiamo in un posticino dove ti ricorderai di noi."

Ho pensato che fosse giunta la fine e ho iniziato a rimuginare che se avessi chiesto gli orari a Peter invece di uscire, forse sarei riuscito a lasciare la città. Poi la macchina si è fermata a un semaforo. Abbiamo sentito un fragore metallico seguito da un colpo di frusta. Qualcuno ci aveva tamponato a velocità sostenuta. Con un gesto istintivo ho afferrato la pistola, ho spostato la canna tenendola salda e ho cominciato a tirare dei pugni ben assestati sul naso del mio aguzzino. L'uomo ha lasciato la presa. Ho agguantato l'arma, gliel'ho puntata all'inguine e ho sparato. Nel frattempo, la signora che ci aveva tamponato era scesa dall'auto. Non credo avesse capito quello che stava succedendo. Ho aperto la portiera e sono uscito di corsa.

"Dove va?" ha gridato quella.

Mi aspettavo il rumore di uno sparo, ma non è arrivato. Ho sentito invece l'urlo della signora, mi sono voltato rapidamente e ho visto l'uomo del sedile anteriore ondeggiare l'arma verso di me cercando di evitare i passanti.

Ho continuato la fuga. La strada conduceva alla città vecchia. Il rombo di un motore è riecheggiato alle mie spalle. Mi avrebbero raggiunto in pochi secondi. Ho attraversato la porta seicentesca e deviato a destra. Uno sparo. Stavo correndo, ero ancora vivo. Sono salito sopra le mura. La macchina ha inchiodato, ho sentito lo sbattere della portiera e qualcuno partire all'inseguimento. Vedevo il Bogside sotto di me e la torre della caserma militare avvicinarsi; speravo di trovare una pattuglia di ronda, ma non ve ne era traccia.

Ho riconosciuto la chiesetta di Sant'Agostino non lontano dal bastione dove mi ero sentito male. Sono entrato nel cortile, ho attraversato il piccolo cimitero e mi sono arrampicato su per il muro di cinta. L'ho scavalcato e sono atterrato in un posteggio. La torre svettava sopra le auto in sosta, ma nessun soldato era di guardia. Ho infilato la mano nella tasca del giubbotto. Avevo ancora la pistola di uno di quegli individui, nella frenesia dei fatti non mi ero reso conto di averla presa.

Sono andato ad appostarmi dietro a una macchina. Pochi istanti dopo una sagoma è spuntata dal muro ed è saltata nel piazzale del parcheggio. L'uomo si aggirava guardingo. Quando è giunto vicino al mio nascondiglio, sono uscito allo scoperto e, a mani tese, ho sparato tre colpi. È caduto a terra. Mi sono incamminato a passo svelto sperando che nessuno avesse assistito a quella scena.

L'avevo ucciso? Non lo sapevo.

Sono uscito dal posteggio, ero sulla via che portava alla piazza. Sono entrato nel primo pub che ho trovato sulla mia strada e ho ordinato una birra. Dopo il primo sorso, mi sono precipitato al bagno a vomitare. Il pensiero di aver sparato a due uomini mi faceva venire il voltastomaco.

Vedevo la scena della sparatoria davanti a me. Dovevo cacciarla dalla mia mente. Ho trangugiato la pinta e ne ho presa subito un'altra. Avevo bisogno di rallentare i miei pensieri, si inseguivano troppo velocemente.

Ho cercato di analizzare razionalmente l'accaduto e ho disegnato sul tavolo due croci con il pollice per indicare gli uomini a cui avevo sparato. Un conato mi è salito in gola. Ho resistito alla voglia di correre di nuovo al bagno e mi sono concentrato sulle mie riflessioni. Il modo in cui mi avevano avvicinato mi faceva supporre di essere controllato da tempo. La mia presenza non doveva essere passata inosservata in una città piccola come Derry ed era meglio rimanere lontano dall'ostello per qualche ora.

Avevo numerose domande che cercavano delle risposte, ma una soprattutto mi ronzava insistentemente per la testa: chi erano quegli uomini? L'IRA? L'ipotesi era plausibile e mi faceva venire voglia di bere, ma ho desistito. Era meglio rimanere lucido, non sapevo cosa sarebbe successo fuori dalla porta del locale.

Sono uscito dal pub diretto al fiume per liberarmi dell'arma, non volevo correre rischi inutili. Una volta gettata la pistola in acqua, ho preso la strada che risaliva la collina e sono entrato nel centro commerciale della città; avevo intenzione di distrarmi passeggiando e ascoltando i discorsi della gente.

Dopo aver girovagato inutilmente, sono entrato nella libreria al primo piano e mi sono soffermato a perdere tempo leggendo le trame dei libri in quarta copertina.

"Manus?"

Una voce femminile conosceva il mio nome. Ho avuto ancora quella sensazione di angoscia, sentendolo. Mi sono voltato. Una ragazza intorno ai trent'anni mi stava guardando da sotto una frangia tagliata male. Aspettava una risposta.

"Manus, sono io, Claire, tua cugina."

Mia cugina? Non la ricordavo, ma non era una novità.

"Mi devi scusare io non…" ho bisbigliato

Mi è venuta incontro e mi ha abbracciato stringendomi con forza. Ho fatto lo stesso, non la riconoscevo, ma avevo bisogno di calore umano.

Ci siamo seduti a prendere un tè. Le ho raccontato brevemente la mia storia di smemorato evitando di menzionare la sparatoria.

"Sei sparito più di un anno fa e, a essere sincera, pensavo che fossi morto."

Ho pensato: perché avrei dovuto essere morto? Ma non l'ho detto. Invece le ho domandato: "Ti prego, Claire, raccontami quello che sai di me."

Claire ha iniziato a parlare. Erano così tante le informazione che mi faceva male la testa. Proverò a riportarle tutte: sono cresciuto a West Belfast nella zona cattolica e la mia famiglia paterna è originaria del Donegal. Ho parenti a Derry, e in vari paesini nei dintorni. Cugini di vario grado. Mia mamma, invece, viene da Belfast.

Entrambi i miei genitori erano morti durante una rappresaglia dell'UVF. Stavano rientrando a casa quando sono stati investiti da una raffica di pallottole. A quel punto mi ero arruolato. Ero stato introdotto nell'ambiente dal fratello di Claire, mio cugino Séamus che faceva parte del movimento armato nel battaglione di Derry. Ho iniziato il percorso militare nell'autunno del '93, erano gli ultimi tempi prima del cessate il fuoco;

per i vertici dell'IRA una tregua era nell'aria, ma io, secondo mia cugina, ero accecato dall'odio e quando nell'agosto 1994 è stato firmato l'armistizio, sono rimasto con la parte dissidente del movimento repubblicano che ha rifiutato di consegnare le armi e continuato la lotta armata. Così, raccontava Claire, ero nella zona di Omagh quando nell'estate del '98 è esplosa l'infausta bomba che ha provocato un massacro di civili. Dopo quei fatti si erano perse le mie tracce.

Non credevo alle mie orecchie. Ero scioccato, provato, interdetto. Non sono riuscito a dire niente per un lasso di tempo indefinito.

"Pensavo ti fosse capitato qualcosa di brutto," ha detto Claire rompendo il silenzio e abbassando lo sguardo, "che ti fossi tolto la vita."

"Non so cosa dire. Non ricordo niente, e questo niente mi fa più male dei ricordi che non ho."

"Lo posso immaginare."

Silenzio, di nuovo. Un silenzio che, riflettendoci adesso, assomigliava a una richiesta di perdono. Sono rimasto in quella specie di trance fino al momento in cui Claire ha ripreso la parola.

"Senti, non so se sia una buona idea, ma ci sarebbe una persona che potrebbe aiutarti a ricordare. Si chiama Eoghan O'Donnell, era un tuo commilitone e un tuo caro amico. Vive in un cottage fuori Omagh."

"Sei sicura che voglia vedermi? Probabilmente abbiamo un passato spaventoso insieme."

"Forse. Perciò ti consiglio di chiamarlo solo quando sei in città, così non potrà dirti di no."

"Sono stanco, Claire, non so più cosa pensare."

Mi sono alzato.

"Dimmi una cosa, Claire, avevo qualcun altro oltre a te e Séamus?"

"Non mi hai mai parlato di nessuno, Manus."

"Lui dove abita adesso?"

Claire ha abbassato di nuovo lo sguardo.

"È morto in un'azione militare."

L'ho salutata e sono uscito con l'anima in subbuglio. Non avevo più paura di farmi sparare. Forse, in fondo, lo speravo.

1° aprile 2000

Ho deciso di andare a Omagh. I miei piani di fuga verso la Repubblica d'Irlanda sono rimandati. La curiosità di sapere è più forte del mio desiderio di normalità.

Omagh è un borgo in salita con un certo carattere, ma non ha risvegliato nessun ricordo in me.

Ho preso una stanza in un B&B locale. La signora ha accettato la carta di credito e non mi ha chiesto altri documenti.

Prima di dirigermi a casa di Eoghan avevo intenzione di effettuare delle ricerche sulla strage di Omagh. Era un episodio che pizzicava la mia memoria, pur non avendo alcun ricordo in merito. Sono andato in biblioteca e ho chiesto di poter visionare il quotidiano locale. Quello che ho scoperto mi ha turbato profondamente: ventinove persone uccise e ventidue ferite. Veramente sono parte di tutto questo? Non mi sento né un terrorista, né tanto meno un soldato, anche se la mia reazione di ieri di fronte a un'arma è stata incredibilmente pronta e istintiva. Sono rimasto più di un'ora a sfogliare le pagine dei quotidiani per approfondire la dinamica dei fatti, e ho alzato la testa solo quando un'impiegata della biblioteca si è avvicinata e mi ha chiesto cortesemente se avessi bisogno di consultare altri documenti.

"La ringrazio, credo che il quotidiano sia sufficiente."

"Per qualsiasi cosa, sono a sua disposizione."

"Solo una curiosità, lei era in città al momento dell'esplosione?"

"Sì, purtroppo avevo iniziato da poco a lavorare in biblioteca. C'è stato un gran boato, poi i vetri rotti e tutto il caos che ne è seguito."

"Deve essere stata una cosa terrificante."

"È stato orribile, una carneficina, non riuscirò mai a dimenticare i cadaveri dilaniati per strada, però in un certo senso, la tragedia ha riunito le due comunità. È strano a dirsi, ma cattolici e protestanti dopo più di vent'anni di scontri, si sono riavvicinati dopo quella bomba. Entrambe le comunità hanno condannato duramente l'accaduto e le violenze dei paramilitari di qualsiasi fazione."

"Una cosa da non credere."

"L'accordo di pace era già stato firmato e la gente si aspettava che gli omicidi terminassero, ma non è successo immediatamente. Solo dopo l'attentato la popolazione ha preso una ferma posizione contro la violenza."

"Non capisco perché una parte dei repubblicani non volesse la pace."

"L'umanità si abitua a tutto, anche alla guerra."

"Già."

"Quanto si ferma a Omagh?"

"Qualche giorno, credo. Se riesco, vorrei fare visita a un vecchio amico che vive da queste parti."

"Come si chiama? Magari posso aiutarla a raggiungerlo."

"Eoghan O'Donnell, non lo sento da un paio di anni, ma so che abita in un cottage alla periferia di Omagh. Ne vorrei approfittare, visto che sono qui."

"Eoghan, certo che lo conosco! Abita sulla strada che va verso Armagh. È facile riconoscere la sua casa, ha le pareti gialle ed è subito dopo il cartello di fine città."

L'ho ringraziata.

"È da molto tempo che non lo vede?" ha aggiunto la signora.

"Due anni."

"È cambiato molto, spero che gli faccia piacere incontrarla."

"Lo spero anch'io."

Venti minuti dopo ero davanti alla porta della casa di Eoghan. Ho aspettato alcuni secondi prima di farmi avanti, dovevo mettere le parole in ordine nella mia testa.

Ho bussato, ma nessuno ha risposto.

Ho provato di nuovo.

Niente.

Mi sono affacciato sul retro. Un piccolo giardino maltenuto giaceva latente. Ho scavalcato la recinzione. Non volevo farlo, ma la cosa è stata istintiva. Ho girato la maniglia e, con mia sorpresa, la porta si è aperta. Dopo un attimo di esitazione, sono entrato. La curiosità di conoscere il mio passato ha vinto sulla paura di commettere un'infrazione. Ho guardato in giro senza avere un'idea di cosa cercare. Una foto insieme? Sarebbe stata sufficiente, ma ce n'erano solo un paio e io non comparivo. In una era con due persone che intuivo essere i suoi genitori e nell'altra con quelli che sembravano essere suoi coetanei, forse a scuola o in un campo estivo, a giudicare dall'abbigliamento. In mano teneva un libro.

La sua faccia non mi diceva niente. Neanche un ricordo. Possibile che fossimo così amici?

Ho osservato meglio l'immagine. Il testo sembrava una vecchia edizione dalla copertina rigida. Mi sono avvicinato per leggere il titolo. "La Fuga dei Conti". L'ho scovato facilmente spulciando tra gli scaffali. Il titolo e la rilegatura erano gli stessi della foto. L'ho sfogliato, duecentottanta pagine. L'ho preso e sono uscito. Adesso sono in camera, ho intenzione di iniziare a leggerlo al più presto.

2 aprile 2000

Ho passato la notte a leggere il libro. Racconta la storia dei conti irlandesi Rory O'Donnell e Hugh O'Neill in fuga dall'Irlanda alla fine della guerra dei nove anni. Diretti inizialmente in Spagna, per una serie di casualità giungono in Italia, a Roma, ospiti del Papa. O'Donnell muore quasi subito, mentre Hugh O'Neill sopravvive circa dieci anni con la speranza di riprendersi la sua terra. Interessante, con molti dettagli, ma non mi ha fatto capire un bel niente.

Al mattino ho preso un caffè nero in uno dei locali del centro. La caffeina mi ha aiutato a riflettere. Non potevo lasciare Omagh senza incontrare Eoghan, era l'unica persona in grado di fare chiarezza sul mio passato. Claire aveva detto che era uno dei miei migliori amici anche se avevamo dei trascorsi burrascosi insieme. Dovevo per forza vederlo.

Mi sono incamminato, conoscevo il posto. Al mio arrivo ho notato due auto posteggiate a fianco del cottage e ho creduto che Eoghan fosse in casa. Stavo per bussare quando ho sentito le voci di più persone venire dal retro. Mi sono affacciato. Due uomini e una donna erano seduti al piccolo tavolo nel giardinetto. Mi sono appostato dietro alla staccionata. Stavano parlando di qualcuno. Non era molto chiaro.

"Spero che abbia trovato l'esca," ha detto uno di loro.

"Sono sicuro che la troverà e questa storia andrà a finire proprio come avevamo previsto", ha risposto l'altro uomo.

"Intanto ha trovato il libro. È stato facile, no? È bastato mettere una foto di Eoghan con in mano il volume e lui, automaticamente, è andato a cercarlo nella libreria."

"Già, spero solo che non si sia dimenticato le cose più importanti."

Mi si è gelato il sangue, stavano parlando di me! Chi diavolo erano?

"Lui è l'unico che può portarci da loro."

"Secondo me ce la farà, ho visto ancora la scintilla nei suoi occhi."

Era stata la donna a parlare. Aveva visto la scintilla nei miei occhi? Quando? Ho alzato la testa al di sopra della staccionata, ma sono riuscito a scorgere solo il profilo. Non sembrava avere un aspetto familiare. Sono avanzato di alcuni metri a carponi sperando di avere una visuale migliore. Ho lanciato un altro sguardo al terzetto. Uno di loro si è voltato nella mia direzione. Mi è preso un colpo. Ho abbassato la testa credendo di essere stato scoperto. Ho aspettato una qualche reazione. Il terzetto ha continuato a parlare, non si erano accorti della mia presenza. Sono rimasto nascosto per alcuni minuti, poi ho avuto il coraggio di sbirciare di nuovo. La donna si è girata per accendere una sigaretta e l'ho riconosciuta: era la bibliotecaria. Mi aveva indirizzato lei a casa di Eoghan! Avevo visto e sentito abbastanza.

Sono tornato sui miei passi e una volta sulla strada principale, ho pregato che passasse un taxi, volevo andarmene da lì il più velocemente possibile. Chiunque fossero quelle persone, mi immaginavano da qualsiasi altra parte e dovevano continuare a crederlo.

Il taxi non è arrivato, ma un furgone con il cassone aperto mi ha dato un passaggio in centro.

Sono rientrato al B&B deciso a cercare l'esca che non aveva funzionato. Ho preso il libro. Ho esaminato la copertina rigida della vecchia edizione, era l'unico nascondiglio che mi veniva in mente. Ho forzato le ali interne e tolto il cartone. Una foto è caduta sul pavimento. Nell'immagine c'eravamo io ed Eoghan davanti a un pub, il Dohertys.

Sono tornato in biblioteca, speravo di essermi sbagliato su quello che avevo visto a casa di Eoghan, ma ero sicuro che la donna era la stessa che si era avvicinata in sala lettura il giorno prima. Sono andato diretto dalla responsabile.

"Sto cercando una signora sulla quarantina con gli occhiali che lavora in biblioteca. Ieri è stata molto gentile e mi ha aiutato con la consultazione dei giornali."

"Si ricorda il nome?"

"No, ma le posso dire che era qua al mattino, verso le dieci. Sono venuto a consultare dei quotidiani."

"Guardi, mi ricordo di lei, sono stata io ad accompagnarla nella sala lettura, e a quell'ora in servizio c'era solo Mary," ha fatto un cenno verso una signora intenta a riporre dei libri.

"Sì, anche io mi ricordo di lei, ma un'altra persona mi ha chiesto se avessi avuto bisogno di assistenza nella zona dei giornali. Indossava una maglia scura e aveva il cartellino della biblioteca appuntato sul petto."

"Le assicuro che non c'è nessuno che corrisponde alla sua descrizione, lavoro qui da anni, signore. Cosa c'era scritto sul cartellino, si ricorda?"

Non lo sapevo

"Forse mi sbaglio. La mia memoria a volte fa i capricci."

Avevo acquisito esperienza nel recitare la parte dello smemorato, e in fondo lo ero.

Mi sono seduto. Per un attimo ho creduto che la memoria mi stesse giocando un brutto scherzo. Temevo una ricaduta e avevo paura di dimenticare di nuovo tutto. Quella confusione mentale era l'inizio di un nuovo oblio? Dovevo concentrarmi e ripensare ai fatti nei dettagli. La signora che mi aveva indirizzato da Eoghan era la stessa che avevo visto al cottage, ne ero certo. Mi ha avvicinato in sala lettura, quando non c'era nessun altro. Sarebbe stato facile per chiunque duplicare un cartellino e raggiungermi inosservato. Ero stato intrappolato per il verso giusto, cazzo! Stavo per avere un attacco di panico, lo sentivo salire dalle viscere. Mi sono alzato in piedi e mi sono diretto verso il bancone, avevo ancora una domanda per la signora della biblioteca.

"Mi scusi, Eoghan O'Donnell è molto conosciuto in città?"

La donna mi ha lanciato uno sguardo accigliato, evidentemente lo conoscevano tutti.

"Non ha letto i giornali?

Non sapevo cosa dire, per fortuna ha continuato a parlare.

"Viveva qui da un pezzo e si era lasciato il passato alle spalle, quando è stato giustiziato. Che orrore!"

"Quando è successo?"

"Più di un mese fa."

Mi sono precipitato fuori dalla biblioteca. Sono tornato in camera, ho impacchettato tutto e ho preso il primo autobus per Belfast, avevo bisogno di nascondermi tra la gente. Ho passato il pomeriggio in giro per la città cercando di pensare a qualcosa, ma non ci riuscivo. Alla fine sono entrato in un pub, faceva freddo fuori, la pioggia invadente e ghiacciata teneva in disparte un aprile appena iniziato. Mi sono fatto alcune pinte, qualcuno ha attaccato bottone, ma non sono stato di buona compagnia. Nel tardo pomeriggio sono andato a cercare un alberghetto da poche sterline, uno di quelli dove non si fanno domande. Non me la sentivo di dormire in ostello e condividere la stanza con altre persone.

Sono in camera adesso, sono circa le dieci, e sto cercando di riflettere su quello che mi è capitato sforzandomi di mantenere una lucidità oggettiva. Innanzitutto devo capire chi sono le persone che erano nel giardino a casa di Eoghan. Li chiamerò "loro" finché non scoprirò qualcosa di più. Dalla conversazione che ho origliato, si capisce che sono a conoscenza del mio passato e del mio vuoto di memoria. Allora, perché farmi credere che Eoghan sia ancora vivo se non ho ricordi prima del ventuno marzo? È chiaro che non sapevano che fossi diretto a casa di Eoghan, altrimenti non sarebbero stati così spudorati da introdursi in biblioteca e stabilire un contatto pur di assicurarsi che andassi al cottage. Hanno detto che vogliono che li porti da loro. Chi sono gli altri "loro"?

È tutto senza senso. Ho l'impressione di stare tra due fuochi, da una parte quelli che penso essere l'IRA che hanno provato a sequestrarmi a Derry, e dall'altra gli strani personaggi della casa di Eoghan. Ogni ipotesi in questo momento mi sembra priva di logica.

Analizzando tutto ciò che mi è successo fin dal primo giorno, mi cresce il dubbio che la prenotazione che avevo in tasca al mio risveglio non fosse casuale e che proprio in quell'ostello sarebbe dovuto accadere qualcosa. Già, ma cosa? Non è successo niente a parte l'incontro con Séamus che, però, poteva capitare anche se avessi dormito in albergo. No, l'ostello deve essere la chiave di tutto. E il pub della foto, il Dohertys? Ce ne saranno a centinaia in tutta l'Irlanda del Nord, forse non è un indizio rilevante.

Per saperlo devo tornare a Portrush.

3 aprile 2000

Portrush l'ho trovata così come l'avevo
lasciata, con le sue strade semideserte in attesa
dell'estate. In ostello Betty non c'era, mi ha
accolto un ragazzo sulla trentina, il cartellino
diceva Morris.

Gli ho raccontato brevemente che avevo già
pernottato nella struttura e gli ho domandato se
potessi avere la stessa stanza.

"Certo, signore, è domenica e l'ostello è quasi
vuoto."

Ho passato un'oretta a ispezionare il letto e la
camerata. Ho guardato dappertutto, ma non ho
trovato nessun indizio, niente di speciale.
Speravo di scovare una lettera, una foto o
qualsiasi altra traccia che mi desse uno spunto su
cosa fare.

Niente.

Sono uscito per mettere qualcosa sotto i denti.
A pochi passi dall'ostello mi sono bloccato. Il
mio cuore si è messo a correre. Potevo sentire il
sangue pulsare a frotte nella gola. Ero davanti al
pub della foto: il Dohertys.

Sono entrato, servivano il pranzo. Ho chiesto
al ragazzo dietro al bancone se potevo sedermi.

"Prego."

Ho dato un rapido sguardo al menù e ho ordinato.

Il locale era vuoto a parte due signori anziani appoggiati al bancone con la pinta di mezzogiorno.

Mentre aspettavo l'ordinazione mi ha assalito un'irrefrenabile voglia di fuggire. Seguire le tracce che "loro" mi piazzavano davanti agli occhi non mi è più sembrata la cosa giusta da fare. Tutto ciò riguardava una parte di me che se ne era andata nell'oblio della memoria, e l'idea di scomparire e ricominciare da qualche altra parte si è riaffacciata alla mente.

Il cibo è arrivato a scacciare via i pensieri e la fame. Chicken Manhattan, delizioso. Mi sono calmato.

A metà del mio pasto è entrato un ragazzo alto e magro. Si è voltato come se sapesse dove fossi seduto, e ha esclamato: "Manus!"

Si è accomodato al mio tavolo.

"Dio, è una vita che non ci vediamo. Che fine hai fatto? Sono più di due anni dall'ultima volta," ha continuato.

"Non saprei dirlo di preciso."

"Come non lo sai, cosa ti è successo, amico?"

Ho deciso di dire la verità.

"Non riesco a ricordare niente, la mia memoria arriva fino a dieci giorni fa quando mi sono svegliato su una panchina a Belfast con in tasca un po' di soldi e una prenotazione in un ostello a nome di Manus McShane, e ho pensato che quel nome fosse il mio. Posso chiederti chi sei?"

"Davvero non ti ricordi, Manus? Sono Patrick Doherty, il padrone del pub, e appena mi hanno detto che eri qui, sono corso immediatamente. Mio padre, Dermot Doherty, ha aperto questo locale quarant'anni fa, te lo dico perché lo conosci molto bene, è stato lui a darti un lavoro quando sei arrivato Portrush."

"Ho lavorato qua?"

"Sì, diversi anni."

"E poi?"

"Poi te ne sei andato per la tua strada."

"Cosa vuol dire la mia strada, cosa facevo?"

"Hai lavorato fuori per tanto tempo."

"Senti, non so come dirtelo, ma devo sapere. A Derry ho incontrato qualcuno che mi conosceva, e da quello che ho capito, ho fatto parte del movimento repubblicano armato."

Patrick ha spalancato gli occhi e ha detto: "Non qui, finisci il pollo e usciamo."

"Non mi va più," ho preso il portafogli per pagare, ma Patrick mi ha trattenuto.

"Johnny, lui è a posto così."

Johnny ha abbassato la testa e ha continuato ad asciugare i bicchieri.

"Andiamo a fare un giro sulla spiaggia."

La spiaggia si estendeva per chilometri, e le nuvole basse e un vento insistente riempivano il nostro silenzio prima che Patrick iniziasse a raccontare: "Lavoravi per mio padre, ti aveva assunto perché eri stato raccomandato da me. Lui non sapeva della tua appartenenza al movimento, era una copertura, capisci? Durante il giorno collaboravi con i repubblicani e la sera facevi il cameriere al pub. Per circa tre anni. Poi è arrivato l'accordo di pace, la strage di Omagh e la tua scomparsa."

Volevo sapere di più.

"Qual era il mio ruolo nel movimento?"

"Ne hai avuti parecchi."

"Ho mai partecipato ad azioni militari, ho mai…"

"Quello che hai fatto è il passato. Io non posso aiutarti in questo."

"Sono mai stato arrestato?"

"Solo una volta, ma hai avuto fortuna. Sei rimasto dentro per un po', non c'erano prove su di te e sei stato rilasciato."

"Cosa sai della mia scomparsa dopo l'attentato di Omagh?"

"Non molto. Sei sparito il giorno stesso."

"Pensi che io c'entri con quella bomba?" mi tremavano le budella.

"Dopo il cessate il fuoco sei rimasto con i dissidenti," mi ha guardato con gli occhi tristi e ha aggiunto: "E non ho mai capito il perché."

"E di Eoghan che mi dici?"

"Eoghan O'Donnell? Morto, freddato da un colpo in testa. Roba da professionisti."

"Sono stati i paramilitari?"

"La maggior parte di noi ha un'idea diversa. La dinamica non fa pensare al loro modus operandi, è andato tutto troppo liscio. Nel giro dicono che sia stato un killer professionista. Tu eri molto amico di Eoghan, vero?"

"Così mi hanno detto."

"Chi?"

"Una persona che ho incontrato a Derry."

"Sei sicuro che non ti abbiano teso una trappola? Ci sono ancora molte spie in giro."

"Non lo so, infatti."

"Stai in guardia, Manus."

"Lo farò."

"Quanto ti fermi in città?"

"Ho prenotato per alcuni giorni."

"Ci sono delle persone che ti vorrebbero incontrare."

"Mi devo preoccupare?"

"Hai qualcosa di cui preoccuparti?"

"Il mio passato."

"Quello lo conosciamo, Manus."

"Io no."

"Passa al pub stasera alle nove."

"D'accordo."

Mi ha salutato e sono tornato lentamente in ostello.

Spero di aver trascritto tutto. Sto aspettando l'incontro di stasera. Già immagino chi siano coloro che vogliono parlarmi: uomini dell'IRA. Ho una paura maledetta di finire nei guai, o forse peggio. Dalla mia ho la speranza di sopravvivere, non ho percepito ostilità nelle parole di Patrick, però il timore c'è, lo sento nei miei gesti nervosi. L'unica cosa che mi preoccupa sono i fatti avvenuti a Derry, quegli uomini a cui ho sparato, sono morti? Erano membri dell'IRA? Se così fosse non penso di avere molte chance di passarla liscia.

Aggiorno il mio diario adesso perché voglio essere sicuro che tutto quello che ho vissuto venga letto. Se dovesse capitarmi qualcosa, spero almeno di lasciare una memoria della mia esistenza dimenticata.

Alle nove ero al pub. Ho ordinato da bere e mi sono seduto al bancone. Il barista dell'ora di pranzo era ancora di turno. Il locale era piuttosto vuoto, solo alcuni tavoli erano occupati e due ragazzi molto giovani stavano giocando a biliardo.

Ho chiesto di Patrick.

"Arriva più tardi."

Sono rimasto per tutta la durata della pinta a guardarmi intorno. Tre signori anziani avevano occupato l'angolo del bar, non badavano a me.

Ai tavoli sedeva un gruppo di cinque persone, avevano l'aria di essere miei coetanei, mentre a qualche metro di distanza, due uomini in giacca e cravatta bevevano birra bionda. Indossavano entrambi delle camicie color pastello sotto il completo blu, non avevano l'aspetto di due sgherri dell'IRA.

Patrick non si vedeva e Johnny preferiva evitarmi. Ho ordinato un'altra pinta. Nella mia testa fantasticavo che i paramilitari entrassero all'improvviso nel pub per farmi sparire per sempre, dopotutto era successo anche a Derry.

A metà della seconda pinta, sono andato al bagno. Ho iniziato a fare il mio bisogno nell'orinatoio, quando qualcuno ha preso la mia testa e l'ha sbattuta con forza contro il muro.

"Non ti voltare, Manus," una voce profonda mi incalzava alle spalle. "Hai una pistola puntata, la senti?"

La sentivo.

"Sei apparso all'improvviso e tre dissidenti della Real IRA sono stati uccisi a Derry. Ex commilitoni. Tu ne sai niente?"

"No, signore."

"Sono felice che mi chiami ancora signore."

Ho provato a girare la testa.

"Non ti voltare, ho detto!"

La pressione dell'arma si è fatta più decisa.

"Ho saputo che non ricordi, e forse è meglio per tutti, soprattutto per te, ragazzo. So che stai cercando risposte, ma ti consiglio di non farti domande. Sei sempre stato troppo fortunato, Manus, quindi vedi di usare la tua maledetta fortuna e sparisci. Inizia una nuova vita lontano da qui, cambia nome, cambia faccia, vattene. Se sapessi chi eri in passato, saresti tormentato dal rimorso. Torna di là, finisci la pinta con calma e domani lascia il paese.

"Aspetti, signore, perché dice che sono fortunato?"

"Perché sei ancora vivo e non lo dovresti essere."

Mi ha sbattuto di nuovo la testa contro il muro, ma senza l'intenzione di farmi troppo male.

"Non ti voltare, ragazzo, culla il dolore e quando tutto sarà passato, siediti sul tuo sgabello, comportati come se non fosse successo niente e poi sparisci."

Ho sentito la porta chiudersi dietro di me. Mi ero pisciato nei pantaloni, cazzo. Uno dei ragazzi che stavano al tavolo è entrato, mi ha guardato e ha chiesto: "Tutto bene, amico? Mi sembri un po' pallido."

"Sì, grazie, non reggo più come una volta," l'ho liquidato.

Sono uscito dal bagno. Gli avventori erano tutti al loro posto. Nessuno faceva caso a me.

Mi sono seduto al bancone. La voce grave di quell'uomo riecheggiava ancora nelle mie orecchie. Mi metteva i brividi.

Sono rimasto altri dieci minuti, avevo la sensazione di essere osservato. Finita la pinta, ho detto a Johnny con naturalezza che Patrick sapeva dove trovarmi.

Mi sono incamminato guardingo verso l'ostello e ho scritto tutto quello che ricordavo.

Sono sopravvissuto, ma me la sono vista brutta.

4 aprile 2000

Mi sono svegliato svuotato e impaurito. Ho sognato che stavo fuggendo. Sentivo degli spari alle mie spalle. Correvo verso il centro, forse era Derry, o forse Omagh, non riconoscevo la città. Poi un'esplosione, vetri rotti, macerie e fiamme. Sapevo di essere morto, ma continuavo a vedere la stessa scena e mi chiedevo se lo fossi veramente. Ho aperto gli occhi. Ero ancora in ostello, felice di non essere più vittima di un incubo, ma soltanto del mio passato.

Quella visione onirica mi ha riportato alla mente la sparatoria di alcuni giorni fa. La sensazione del sangue è tornata a farsi sentire. Ho ripensato alle parole dell'uomo che mi ha assalito al bagno: tre dissidenti sono stati uccisi a Derry. Io avevo sparato a due uomini ed ero sicuro che almeno il primo non avesse perso la vita. Chi ha fatto fuori il terzo? Che siano stati gli stessi uomini che erano da Eoghan? E se "loro" altro non fossero che i paramilitari protestanti? Avrebbe una sua logica: un ex dissidente che per qualche ragione ha perso la memoria viene "guidato" a vendicarsi uccidendo gli ex commilitoni. Ma allora perché i dissidenti mi volevano morto? Non lo so. So solo che devo lasciare la città se ci tengo alla pelle. E ho intenzione di farlo, ma prima voglio parlare di nuovo con Séamus.

Temevo di non incontrarlo dopo tutto quello che era successo, e invece era al solito posto a chiedere l'elemosina.

"Ciao, Séamus, posso parlarti?"

"Ciao, amico, sei tornato a trovarmi?"

"Sì, vorrei chiederti alcune cose, se posso."

"Hai contanti?"

Gli ho allungato cinquanta sterline e ho iniziato il mio racconto cercando di non omettere nessun particolare. Per qualche ragione, quel barbone era l'unico di cui mi fidavo veramente.

"Cristo santo, Manus, sei proprio dentro a un bell'impiccio."

"Già, non so perché ho deciso di parlartene, ma ho la sensazione che tra tutte le persone che dicono di avermi conosciuto, tu sei la più sincera."

"Io ti consiglio di andartene al più presto da questo dannato buco. Non solo da Portrush, ma dall'Irlanda del Nord. Segui il mio suggerimento, figliolo, non ti scervellare troppo. Ci siamo visti solo alcune volte e non so dirti chi sei veramente. Di sicuro, adesso, sei una persona diversa. Non sprecare tempo a cercare il tuo lato oscuro. Da ciò che racconti, mi sembra di capire che qualcuno ti stia manovrando, e quel qualcuno, credo proprio che sia l'esercito britannico. Sanno chi eri e stanno cercando di far fuori i vecchi membri del movimento repubblicano. Bada bene, non dico arrestare, dico proprio eliminare. E se non è l'esercito, sono i servizi segreti a dirigere il gioco."

"Io avevo pensato che ci fossero i paramilitari protestanti dietro alle uccisioni."

"I protestanti erano come noi, feroci, ma non così organizzati."

"Cosa faccio adesso? Non ho neanche un passaporto per prendere il largo. Se è davvero come dici tu, non posso nascondermi da nessuna parte, prima o poi mi prenderanno."

"Non si sfugge all'MI5."

"Ci sarà pure una soluzione."

"Te l'ho detto, cambia vita, cambia identità."

"Io devo sapere chi sono, Séamus, non posso vivere in questo limbo, recuperare la memoria è l'unica via per riconciliarmi con il passato e ricominciare. Ti ho mai parlato della mia famiglia?"

"Dicevi di venire da West Belfast, ma ho la testa un po' confusa dopo anni in strada e di Buckfast."

"Cerca di ricordare, almeno tu…"

"Non mi hai mai parlato di cose troppo personali, mi ricordo solo che trasudavi un odio esasperato per quello che era capitato ai tuoi genitori."

"Tutto qua?"

"Purtroppo."

"Nient'altro? Prova a sforzarti."

"Si parla di sette anni fa, sono tanti. Se vuoi un consiglio, fai un giro a Belfast nel quartiere dove sei nato, prova a fare delle ricerche; sono sicuro che qualcosa salterà fuori, laggiù la comunità è sempre stata molto unita."

"Non so, Séamus, a Derry ho incontrato una ragazza che ha detto di essere mia cugina."

"Chiamala allora."

"Non ho il numero, non gliel'ho chiesto."

"Dio, Manus, sei senza speranza! Vai a West Belfast, domanda in giro per le chiese, sarai stato un buon cattolico da piccolo, no?"

"Può darsi."

"Tutti i cattolici sono buoni da piccoli. Vedrai che troverai qualcuno che frequentava la tua stessa parrocchia."

"Forse hai ragione."

"Inizia dalla chiesa di Clunard. Chiedi del parroco Alec Reid, è stato fondamentale per il processo di pace. Parla con lui, è un buon uomo. Ha sempre cercato di mediare per fermare il conflitto. Non ama stare sotto i riflettori, ma è grazie a lui se questo accordo così fragile sta tenendo."

"Grazie, Séamus, farò come dici."

"Non metterti nei guai, Manus."

"Partirò subito, ma prima di andare vorrei chiederti una cosa personale: come sei finito a vivere in strada?"

"La strada è il posto più sicuro al mondo, Manus."

"Non credo di capire."

"Non cercare di farlo e togliti dai piedi prima che sia troppo tardi. Anche per me."

"Grazie Séamus, bevi alla mia salute."

"Buona fortuna, compagno."

Sono tornato in ostello, ho preso le mie poche cose e sono salito sul primo autobus per Belfast. Sto scrivendo dal seggiolino scomodo della corriera, ma sono eccitato, sono diretto dove tutto sembra essere iniziato: Falls Road.

5 aprile 2000

Sono arrivato a Belfast ieri sera e ho trovato alloggio in un ostello nella zona universitaria. Avevo voglia di raggiungere West Belfast immediatamente, ma ero troppo agitato e poi erano già le sei, i negozi erano chiusi e la città deserta, a parte le pattuglie di blindati della polizia che perlustravano le strade. Ho rimandato.

Questa mattina mi sono alzato presto e sono andato a piedi fino alla chiesa di Clunard per parlare con il parroco Alec Reid. Ho dovuto attendere una buona mezz'ora prima di incontrarlo, è un uomo molto impegnato. Quando è entrato nella stanza, mi ha fatto cenno di sedermi e mi ha offerto un tè. Gli ho raccontato che in seguito a un incidente non ricordavo la prima parte della mia vita. Lui mi ha osservato a lung, poi con la sua voce profonda e morbida e un tono pacato, ha affermato che aveva bisogno di maggiori dettagli per aiutarmi.
Mi sono ricordato di avere ancora la foto con Eoghan davanti al Dohertys e gliel'ho mostrata. Ha annuito, lo aveva visto in chiesa.
"Frequentava ragazzi difficili?"

"La chiesa era frequentata da tanti ragazzi," ha fatto una pausa, aveva intuito cosa intendevo, "alcuni erano simili a lui, altri no."

"Non ricorda altro?"

"No, non saprei dirti di più. Se, come dici, hai passato l'infanzia nella zona di Falls Road, potresti provare a chiedere in una delle scuole qua attorno."

"Potrebbe essere una buona idea."

"Ti consiglio di dare un'occhiata anche alla cattedrale di San Pietro, forse è là che i tuoi ti portavano alla messa."

"Grazie, ci farò un salto."

"Spero che tu trovi la tua via, figliolo, il passato a volte non conta più niente di fronte alle sfide del futuro."

"Lo terrò presente."

Mi ha salutato stringendomi la mano calorosamente e sono uscito dalla chiesa.

Stavo passeggiando verso la cattedrale di San Pietro quando ho sentito qualcuno urlare: "Hey, a Mhanus, cad é mar atá tú?"

Mi sono girato, un ragazzo che aveva più o meno la mia età ce l'aveva con me.

"Manus, is mise é, Dáithí. Nach cuimhin leat mé?"

Ho aperto bocca e ho risposto.

"Gabh mo leithscéal?"

Capivo quella strana lingua e la parlavo?

"Bhí muidne sa Ghaelscoil le chéile."

"Tá brón orm, ní cuimhin liom. Ní cuimhin liom rud ar bith."

"Ti ricordi l'irlandese, però!"

In sostanza diceva di chiamarsi David, avevamo frequentato la stessa scuola e mi chiedeva se mi ricordavo di lui. Incredibile, come riuscivo a capirlo?

"Cosa ti è successo, Manus?"

"La mia memoria non funziona come dovrebbe."

"Oh, mi dispiace. È una cosa grave?"

"Non lo so ancora, spero di recuperare tutto il mio passato, un giorno."

"Allora hai cancellato tutte le marachelle della nostra infanzia?"

"Purtroppo."

"Ne abbiamo combinate, eh, mo chara."

"Abbiamo imparato l'irlandese a scuola?"

"Lo abbiamo imparato? Lo parlavamo tutti i giorni, tutte le materie erano insegnate in irlandese."

"Sono stupefatto."

"Shaw Road è stato il primo Gaeltacht urbano di Belfast, erano i primi anni '70 e ci siamo praticamente cresciuti là dentro."

"Mi sembra impossibile di aver dimenticato tutto, non so cosa dire, David. Dimmi qualcos'altro sulla mia infanzia, ti prego."

"Adesso non posso, Manus, devo andare al lavoro, però se vuoi, usciamo a farci una pinta una di queste sere, ti lascio il mio numero. Vediamo se con i miei racconti riesco a riaccendere qualcosa nella tua capoccia," David ha sorriso.

Ho preso il numero e l'ho salutato.

Dopo quell'incontro, ho fatto un giro all'interno della cattedrale di San Pietro, ma non riuscivo a togliermi dalla testa la conversazione con David in irlandese. Non solo non sapevo di parlarlo, ma non ricordavo neanche della sua esistenza. Non me ne capacitavo. Più tardi, sono entrato in una delle librerie più grandi della città, e ho cercato il reparto in lingua irlandese. Era molto piccolo, a dire la verità. Ho aperto un libro e letto un paio di righe. Capivo. Capivo tutto. È una cosa che continua a scioccarmi. Mi toglie la concentrazione. Come posso essermi dimenticato di parlare una lingua e allo stesso tempo parlarla bene?

L'incontro con David mi ha rasserenato. Sono felice di sapere che la mia vita è stata tutto sommato normale prima dell'arruolamento. Non ho solo vaghe informazioni su un passato burrascoso, ma anche sprazzi di un'infanzia spensierata. Ho deciso di lasciar perdere le ricerche momentaneamente, e visto che sono a Belfast, voglio vedere la tomba dei miei genitori.

Ho chiamato David un paio d'ore fa. Mi ha rivelato di non sapere il luogo di sepoltura, ma si sarebbe informato. Gli ho lasciato il numero dell'ostello e mi ha richiamato più tardi: i miei sono al cimitero di Milltown, e David si è offerto di accompagnarmi. Domani ci andiamo insieme.

6 aprile 2000

David è passato a prendermi nel primo pomeriggio. È stato molto gentile, devo ammetterlo, si è informato per sapere il luogo esatto della tomba dei miei, non era obbligato a farlo.

Abbiamo attraversato il cancello del cimitero e ci siamo inoltrati tra le lapidi.

"Lì è sepolto Bobby Sands, ti dice niente questo nome?" ha indicato una tomba avvolta nel tricolore.

"No."

"Forse non ti ricordi, è stato il primo volontario a fare lo sciopero della fame per il riconoscimento dello status di prigionieri politici ai detenuti repubblicani."

"Ho la sensazione che nella mia vita precedente questa storia la conoscessi bene."

"Tutti la conoscono in Irlanda. È stata una tragedia, al suo funerale hanno partecipato centomila persone."

Mi ha raccontato dello sciopero della fame nella prigione di Long Kesh mentre camminavamo. Io ascoltavo interessato e con la testa guardavo distrattamente le tombe. Una in particolare mi ha colpito: il nome sulla lapide era

Dell'Amore. Mi è sfuggito un sorriso, aveva un qualcosa di cinematografico.

"Ecco, siamo arrivati."

Ho alzato lo sguardo. Una donna era in piedi davanti alla pietra tombale.

"Claire!" ho gridato.

"Manus, non mi aspettavo di vederti qui."

"Neanche io."

Le ho presentato David e raccontato come ci siamo conosciuti.

"Sono felice che tu abbia ritrovato un vecchio amico. Avrei voluto raccontarti di più quando ci siamo incontrati a Derry, ma sei quasi fuggito."

"Scusami, è vero, ero sconvolto da tutte le informazioni che mi sono piovute addosso."

"Sai, la tua apparizione mi ha fatto ricordare che sono passati due anni dall'ultima volta che sono venuta a trovare gli zii al cimitero."

"Scusate se mi intrometto," ha detto David, "avrete un sacco di cose da raccontarvi, se non vi dispiace, io tornerei a casa, Claire tu puoi dargli un passaggio in centro?"

"Certamente, David, grazie per l'aiuto."

Siamo rimasti soli.

"Ho un bel ricordo degli zii e dei pomeriggi passati a casa vostra. Erano delle brave persone, Manus, non si meritavano una fine così orrenda."

"Che tipo di genitori erano?"

"Come i miei e come tanti altri. Hanno sempre cercato di proteggerci dalla violenza che ci ruotava intorno, e guarda come sono finiti, uccisi da quella stessa violenza che odiavano. Le conseguenze della loro morte, purtroppo, le conosciamo…"

"Mi fa veramente male non ricordarli."

"Spero che tu ci riesca presto, non si meritano l'oblio."

"Questa situazione mi fa impazzire. Come è possibile che non ricordi niente? Non so più cosa pensare."

I nostri sguardi si sono incrociati, poi ho continuato: "Il giorno dopo il nostro incontro sono andato a Omagh, a cercare Eoghan, e non l'ho trovato. Sapevi che è morto?

"Oddio, no. Mi spiace."

"Era anche sui giornali."

"Non so che dirti, sono spesso all'estero per lavoro, sarà capitato nel momento in cui non ero in Irlanda."

"Non ti ho mai chiesto che lavoro fai, perdonami."

"Lavoro per un'associazione che si occupa di pacificazione e riconciliazione tra le due comunità, e vado a Bruxelles di frequente. Stiamo cercando in tutti i modi di ottenere dei fondi per portare avanti il processo di pace."

"Sembra un bel progetto."

"Sì, dopo tutto quello che abbiamo vissuto, credo che ci aspetti un futuro migliore in questa terra maledetta."

"Lo spero proprio."

"Mi dispiace di averti fatto fare il viaggio a vuoto."

"Non è stato completamente a vuoto, qualcosa ho scoperto, anche se non so cosa."

"Non tenermi sulle spine, cosa?"

"Sono rimasto a Omagh più a lungo e sono tornato a casa di Eoghan il giorno dopo. Ancora non sapevo della sua scomparsa e speravo di incontrarlo. Fuori dal cottage ho notato due macchine e ho pensato che Eoghan avesse visite. Mi sono affacciato sul retro e ho visto tre persone sconosciute che stavano parlando nella piccola corte. D'istinto mi sono nascosto e mi sono messo a origliare. Non ho dovuto attendere molto per capire che l'argomento di conversazione ero io. Parlavano di un libro che conteneva qualcosa che avrei dovuto recuperare. Poi sono tornato sui miei passi senza farmi notare e me ne sono andato."

"Accidenti che brutta storia!" Claire era evidentemente sconvolta. "Chi potevano essere, dissidenti?

"Non saprei."

"E la cosa che dovevi trovare nel libro, l'hai trovata?"

"Credo di sì. Una vecchia foto mia e di Eoghan davanti a un pub."

"Quello che mi dici non mi piace per niente, Manus."

"Ho rintracciato anche il pub, il Dohertys di Portrush, e sono stato avvicinato da qualcuno del movimento che mi ha rivelato dell'uccisione di alcuni dissidenti dopo il mio passaggio a Derry."

"Sto iniziando a preoccuparmi veramente, chi ti ha contattato?"

"Qualcuno in alto, credo, forse un mio superiore ai tempi in cui facevo parte dell'IRA."

"Lo hai visto in faccia?"

"No, è stato tutto molto veloce. Mi ha fatto capire che la mia vita è in pericolo in Irlanda del Nord."

"Manus!"

Mi ha stretto tra le braccia e si è messa a singhiozzare, "Non ti fare ammazzare, ti prego."

"Sarò prudente. Tu cosa ne pensi?"

"Non lo so, adesso non riesco a concentrarmi, tutte queste notizie mi riportano indietro ai tempi della tua scomparsa."

"Io, invece, un'idea me la sono fatta, ho come l'impressione che i servizi segreti mi stiano usando per far fuori i miei ex commilitoni, e il mio vuoto di memoria ha a che vedere con quel tipo di passato."

"Perché non stai da me per un po' di tempo, Manus? Mi si stringe il cuore saperti in giro con dei sicari a piede libero. Ho un aereo per Bruxelles più tardi, ma fra una decina di giorni sarò di ritorno."

"Ci penserò."

"Chiamami, ti prego. Ecco il mio numero. Dovresti comprarti un cellulare anche tu, ormai ce l'hanno tutti."

"Dovrei, infatti."

Claire mi ha accompagnato in ostello e mi ha abbracciato ancora una volta prima di lasciarmi. Il resto del pomeriggio l'ho passato a rimuginare. Ho pensato ai miei e a come potesse essere la mia vita da bambino. Ho immaginato la mia infanzia e le giornate passate insieme a loro fino al momento della tragedia e alla mia decisone di arruolarmi. Proiezioni di fantasia ispirata dai nomi sulla tomba.

Mi seguono, ne sono sicuro. Ho notato una Vauxhall blu passarmi vicino diverse volte. Sono uscito a comprare del pollo fritto per cena e l'ho vista davanti all'ostello, e poco dopo vicino al negozietto. Mi sono fermato in un caffè ed è passata di nuovo. Sono ancora qui a scrivere sul quaderno. Sto diventando paranoico? Penso che sia meglio non uscire stasera.

7 aprile 2000

Sono seduto su una panchina davanti all'ostello, e riesco solo adesso ad aggiornare il diario. È già pomeriggio e la notte non mi ha lasciato il tempo di scrivere. È stato tutto troppo veloce. E pericoloso.

Partiamo dall'inizio.

Ieri sera, appena rientrato in ostello, il ragazzo della reception mi ha proposto di cambiare stanza. Era previsto l'arrivo di un gruppo e non voleva dividerlo. Si è scusato aggiungendo che sarebbe stato meglio anche per me avere una singola allo stesso prezzo.

Ho accettato. Mi sono sentito fortunato dopo tutta la merda che mi era piovuta addosso. Solo in seguito un leggero brivido mi ha attraversato le viscere, e sono sicuro che non era colpa del pollo fritto. Il cambio di stanza mi è sembrato improvvisamente sospetto. Era solo un'ossessione? Avevo visto la Vauxhall blu troppo spesso nel pomeriggio e non mi sentivo al sicuro.

Sono tornato in camera e ho pensato che avrei dovuto prendere qualche precauzione. La stanza era all'ultimo piano e la finestra dava sull'altra ala dell'ostello. L'ho aperta e sono salito sul davanzale. Ho allungato le braccia fino alla grondaia per capire quanto sarebbe stato facile arrampicarsi sul tetto a spiovente e fuggire. Era fattibile. Sono rientrato e ho posizionato il comodino del letto davanti alla porta. Non avrebbe posto molta resistenza, ma sarebbe stato sufficiente a svegliarmi nel caso in cui degli intrusi avessero provato a entrare.

Mi sono appisolato sulla poltrona, volevo essere pronto a una possibile fuga anche se speravo che la mia fissazione si rivelasse infondata.

Le urla della gente in strada appena uscita dai locali si erano insinuate nel mio dormiveglia e mi avevano fatto aprire gli occhi. Dovevano essere le due o giù di lì. Era giovedì sera e gli studenti universitari stavano festeggiando l'inizio del weekend.

Ho provato a riprendere sonno, ma il rumore di qualcuno che stava armeggiando alla serratura mi ha allertato. Senza esitazione ho aperto la finestra, sono saltato sul tetto e ho iniziato ad avanzare a quattro zampe. Ho controllato in tasca del giubbotto se avessi preso i soldi e la carta di credito. Avevo anche il diario. Era una buona notizia.

Ho sentito smuovere le tegole di metallo dietro di me, chi era entrato nella stanza aveva capito che me l'ero svignata sul tetto.

Ho continuato ad avanzare cercando di accelerare l'andatura. La luce accesa dei bagni all'ultimo piano ha attirato la mia attenzione. La finestra era aperta. La puzza dei cessi dell'ostello avrebbe potuto salvarmi la vita. Sono entrato con facilità, ho percorso le scale di corsa e mi sono fermato solo a pochi passi dalla reception. Immaginavo che qualcuno stesse sorvegliando l'uscita, così sono scivolato di soppiatto fino al bancone, ma con mia sorpresa non c'era nessuno di guardia. Ho attraversato la sala e mi sono affacciato in strada guardingo. Era libera. Mi sono incamminato verso l'università, ma non ho fatto in tempo ad arrivare alla fine dell'isolato che ho visto il retro della Vauxhall blu. L'auto era posteggiata sul lato dell'ostello, quei bastardi dovevano essere entrati dal retro.

Improvvisamente si è messa in moto e si è allontanata, così ho iniziato a correre fino a che non ho visto l'insegna di un fast food. Sono entrato. Il locale era pieno di ragazzi ubriachi. Stavano cercando di farsi passare la sbronza mangiando porcherie.

Ho pensato che mi sarei potuto confondere con la folla. Stavo addirittura pensando di ordinare qualcosa, quando ho sentito un braccio intorno al collo. È finita, mi sono detto. Ho voltato la testa convinto che gli uomini della Vauxhall blu fossero alle mie spalle e invece ho trovato un ragazzo sulla ventina completamente ubriaco che sbiascicava cose incomprensibili, uno di quegli sbronzi abbraccia tutti.

In un'altra situazione l'avrei cacciato, ma visto come stavano le cose, poteva essere un ottimo diversivo per passare inosservato. Ho simulato un'ebrezza alcolica per non sembrare fuori luogo. Gli devo essere stato simpatico, mi ha presentato ai suoi amici, per fortuna più sobri di lui, e poi a tutti gli avventori del locale.

Dopo chiacchiere varie senza molto senso, l'allegra comitiva mi ha invitato a una festa. Ci siamo infilati in una delle tante case a schiera in mattoni rossi nella zona di Stranmillis.

L'ambiente era disordinato ma colorato, proprio come immaginavo le abitazioni universitarie.

I ragazzi erano simpatici, abbiamo scherzato e bevuto, e io ho sciorinato la consueta balla delle ricerche genealogiche. Nessuno mi ha fatto domande comprometttenti, anzi, qualcuno mi ha addirittura raccontato che conosceva la storia degli antenati della mia famiglia.

"I MacShane sono parenti dei famosi O'Neill. Shane O'Neill era un grande condottiero e grande donnaiolo, ha avuto più di dieci figli tra mogli e concubine. È lui il capostipite della famiglia."

Se quello che diceva il ragazzo era vero, lo Hugh O'Neill di cui avevo letto era un mio avo. Non erano le risposte che cercavo, ma la conversazione stava diventando inaspettatamente stimolante.

"Mac Shane O'Neill, figlio di Shane e nipote di Neill, era questo il nome completo. È un cognome importante, capisci, amico?"

"Quindi potrei farmi chiamare Manus McShane O'Neill."

"Esatto, fratello! Sei un principe anche tu."

"E un grande casanova."

Ha iniziato a ridere di gusto.

Per dissimulare la mia estraneità all'arte della genealogia, ho continuato la conversazione citando le informazioni che avevo appreso dalla lettura del libro sulla fuga dei conti. A un occhio brillo, potevo sembrare un esperto.

Il suono del campanello mi ha fatto sobbalzare. Non mi aspettavo niente di buono, e invece sono entrati altri ragazzi e ragazze tra i venti e i trent'anni. Vedere tutta quella gioventù che si divertiva, mi ha fatto salire la malinconia di qualcosa che non avevo vissuto. Quanti anni avevo? Non mi ero mai posto la domanda. Avrei dovuto essere quasi un loro coetaneo. Se come diceva Séamus mi ero arruolato nel '93 e avevo intorno ai vent'anni, avrei dovuto avere tra i ventisei e i trent'anni. Avevo ancora un sacco di tempo da vivere e questo mi ha tirato su il morale.

La serata si è animata. La musica ha attivato alcune ragazze che hanno iniziato a ballare e dimenarsi in salotto. Qualcuno suonava la chitarra in un angolo e altri pomiciavano. La gioia di vivere permeava l'aria. Era una sensazione nuova per me.

Mi sono lasciato andare, ho bevuto qualche birra, ma ho cercato di non esagerare, sapevo che il giorno dopo sarebbe stato difficile da affrontare.

Ho lasciato la festa verso le otto del mattino, la casa era sempre affollata, un paio di ragazzi stavano ancora bevendo e altri dormivano sul divano e su giacigli improvvisati. Tutti quegli studenti avevano dei sogni da realizzare e una vita da costruire. Io, invece, non avevo sogni se non quello di sapere chi ero. Più che un sogno era una necessità.

Sono tornato in ostello, dovevo fare i conti con il ragazzo alla reception. Sono entrato nella hall e mi ha salutato sorridente, non sembrava stupito di vedermi vivo e in buona salute. Mi sono seduto in sala a guardare la TV in attesa del momento giusto per passare all'azione.

Non ho dovuto attendere molto. Il giovane ha lasciato il bancone diretto in magazzino, l'ho seguito, e appena dentro, l'ho sbattuto contro il muro.

"Ragazzo, questa notte dei sicari sono entrati nella mia camera e hanno tentato di farmi la festa, guarda caso, proprio dopo che mi hai cambiato stanza."

Incalzato dalla mia foga, ha iniziato a piagnucolare che il cambio di stanza era stato ordinato dal suo capo.

"Doveva arrivare un gruppo. Io ho controllato," si giustificava, "ma non c'era nessuna prenotazione. Gliel'ho fatto notare, e lui mi ha detto che lo avevano contattato al suo numero personale perché erano vecchi clienti e si era dimenticato di comunicarmelo."

Sembrava sincero.

"Come si chiama il tuo capo?"

"Paul, Paul Hegarty."

"Dove abita?"

"Ormaud Road."

"Numero?"

"312, mi sembra."

"Spero per te che sia il numero giusto!"

"312, sicuro."

"Lui non deve sapere che sono ancora vivo o la situazione potrebbe diventare complicata anche per te. Mi sono spiegato?"

L'ho lasciato in magazzino e sono uscito in strada. Ero convinto che il ragazzo non c'entrasse niente con tutta quella storia, così come ero sicuro che una volta lasciato l'ostello, avrebbe chiamato Hegarty. Alla fine, chi ero io per essere creduto?

Mi sono incamminato verso Ormeau Road, poi ho cambiato idea. L'avrei aspettato al parco pubblico davanti all'ostello. Andare in quella zona della città mi avrebbe portato via troppo tempo e se il ragazzo lo avesse avvertito, non sarebbe stato sicuro per me avvicinarmi alla sua abitazione.

Ho attraversato la strada e mi sono seduto su una panchina in modo da tenere sotto controllo l'entrata. Sono ancora qui, in attesa che Hegarty ritorni. Ho appuntato tutto quello che è successo durante la notte più per sfogarmi che per la paura di dimenticare.

Non so cosa succederà nel pomeriggio, sicuramente cose di cui non andrò fiero.

8 Aprile 2000

Mi sono appisolato. Non avrei dovuto farlo,
ma l'aria era tiepida e non ho resistito. Ho
riaperto gli occhi con il dubbio che Paul Hegarty
fosse rientrato in ostello durante la pennichella.
Ho cercato di rilassarmi. Entrare e farsi scoprire
aveva poco senso, meglio aspettare, il tempo non
mi mancava.

L'attesa mi ha dato ragione, Hegarty è
arrivato nel tardo pomeriggio. L'ho visto entrare
nell'edificio. Non si è accorto della mia presenza
dall'altro lato della strada, ma ho aspettato
l'imbrunire per agire. Mi sono intrufolato dal
retro, ormai quel posto non aveva più segreti per
me. Mi sono nascosto nel magazzino; c'erano
ancora dei membri dello staff in giro per l'ostello
e non volevo coinvolgere nessun altro nel mio
regolamento di conti. Ho rovistato tra gli attrezzi
da lavoro per cercare un'arma. Ho afferrato un
pappagallo da idraulico e sono andato a
nascondermi dietro uno scaffale.

Sono uscito che era già notte. Ho attraversato
il corridoio che conduceva alla reception. Lo
stabile sembrava deserto. Mi sono affacciato di
soppiatto nella sala. Hegarty stava seduto alla
reception. La stanza della TV era deserta e non
c'era nessuno in giro. Ho dato una sbirciata

all'orologio sulla parete, segnava quasi la mezzanotte. Sono sgattaiolato alle sue spalle e l'ho colpito alla testa. Hegarty è stramazzato a terra senza emettere suono. Per un attimo ho temuto di averlo ucciso. Ho avvicinato la mano alle sue narici, respirava ancora. Mi sono guardato intorno, ero sicuro che nascondesse un'arma da qualche parte. Ce l'aveva, infatti. Una pistola di piccolo calibro in un cassetto della reception. L'ho presa e ho trascinato il corpo esanime in magazzino.

Mi sono preoccupato di immobilizzarlo con un pezzo di corda che ho trovato su uno degli scaffali e ho aspettato che riprendesse i sensi.

Si è svegliato.

Ha urlato.

Gli ho puntato la pistola e ho mirato al cuore.

"Credo proprio che dovrai raccontarmi una storia, Paul."

"Quale storia McShane, non ti bastano le tue cazzate?"

"Perché tu e i tuoi amici volevate farmi la pelle la notte scorsa?"

"Perché è quello che ti meriti, traditore!"

"Io non ho tradito nessuno."

"Mi fai pena, McShane, sei sempre stato un idiota!"

Ho fatto pressione sul grilletto. Hegarty ha ripreso a parlare: "Dove sei scomparso dopo

Omagh? Tutti ti credevano morto, poi rispunti dal nulla e gli ex compagni iniziano a morire come mosche."

"Ho sparato per difendermi."

"Certo, e gli uomini di ieri sera? Giustiziati in auto. Per chi lavori, Manus?"

"Non è opera mia, sono una vittima come voi."

"Sicuro, come no. Le persone che hai freddato a Derry volevano soltanto stabilire un contatto, poi le cose sono degenerate."

"Puntandomi una pistola? Non ti credo. Cosa vogliono da me gli uomini della RIRA?"

"Quella è una sigla che si sono inventati i giornalisti."

"Non m'importa chi l'ha inventata, io voglio sapere cosa vogliono!"

"Vai a chiederglielo."

L'ho colpito con la pistola al volto.

"E quella notte a Omagh cos'è successo?"

"Raccontamelo tu."

"Non mi ricordo."

"Ah, non ti ricordi?"

"No, non ricordo niente."

"Mi prendi per il culo?"

"Potrei, ma non ci tengo," ho mirato al ginocchio, "e adesso parla!"

Hegarty ha spalancato gli occhi in preda alla paura del dolore.

"D'accordo, smemorato, ti dico cosa è successo quella notte. Eravamo in quattro nel commando io, tu, Gerry e Mick."

"Eoghan non c'era?"

"Eoghan? Lui era uno di quelli favorevoli al processo di pace."

"Io pensavo…"

"Non c'era, Manus, fattene una ragione. La bomba era pronta ed eravamo tutti nervosi. L'obiettivo era il tribunale, ma non c'erano posteggi liberi là davanti, così abbiamo lasciato l'auto piena di esplosivo sulla strada principale. Abbiamo chiamato Ulster TV e l'ufficio dei samaritani che ha avvertito la RUC. Gli sbirri hanno sgomberato la zona sbagliata."

"Conosco la storia, voglio sapere cosa è successo tra di noi."

"Cosa è successo? Tu eri quello più nervoso di tutti. Quando non abbiamo trovato posto davanti alla Court House hai iniziato a dire che dovevamo annullare la missione, che sarebbe stata una carneficina. Ti abbiamo rassicurato dicendoti che avremmo avvertito le autorità, come sempre."

"Chi disse cosa?"

"Mick, era il capo del commando."

"E dopo?"

"Dopo che?"

"Dopo aver posteggiato la macchina, cosa è successo?"

"Eri agitato, nervoso."

"Vi ho detto qualcosa?"

"No, solo che non era giusto quello che stava per accadere."

"E poi?"

"Davvero non ricordi?"

"No."

"Hai perso la testa. Hai tirato fuori la pistola e hai iniziato a minacciarci. Sembravi pazzo. Sei andato da Mick e l'hai riempito di botte. Non credevamo ai nostri occhi. Gerry ha avuto la malaugurata idea di provare a mettersi contro di te e l'hai freddato. Poi ti sei voltato verso Mick e gli hai sparato allo stomaco. Così morirai lentamente e vedrai in faccia la morte, gli hai detto."

"E tu cosa hai fatto?"

"Cosa vuoi che abbia fatto, niente, eri armato"

"Non ti ho sparato?"

"No, mi hai risparmiato. Hai detto: cambia vita finché sei in tempo, poi hai preso una delle macchine e te ne sei andato. Da quel giorno nessuno ti ha più visto."

"Perché non ti ho sparato?"

"Dimmelo tu."

"Devo farlo adesso?"

"Come faccio a sapere perché non lo hai fatto?"

"Voglio sapere che idea ti sei fatto di quella sera."

"Ero entrato nel movimento da poco. Credo che tu mi volessi salvare dalla merda in cui stavo affogando."

"Non mi sembra che tu ci sia riuscito."

"Dopo quella dannata bomba non sono stato più in grado di vivere. Ho lasciato i dissidenti, ma è impossibile allontanarsi del tutto da quel tipo di passato. Appena sei rispuntato mi hanno chiamato e mi hanno avvertito che saresti tornato anche per me, come hai fatto con gli altri. Nel momento in cui sei apparso in ostello, ho avvertito subito chi di dovere e il resto lo sai."

"Hai una famiglia?"

"Sì."

"Torna da loro, chiama i capi della RIRA e digli di lasciarmi in pace. Non sono io quello che uccide, Paul, qualcuno si sta servendo di me per far fuori i vecchi membri del movimento. Non so chi siano, la scia di morti che mi perseguita ovunque vada, mi fa pensare all'MI5."

"Perché dovrei crederti?"

"Perché ti sto dando una seconda possibilità, non sprecarla."

L'ho liberato.

"Sono stanco di sapere che ho ucciso, non voglio farlo ancora. Vai!"

Mi ha squadrato incredulo e se ne è andato.

L'ho guardato uscire con la pistola puntata su di lui, poi mi sono gettato su un materasso polveroso. Avevo bisogno di dormire.

9 Aprile 2000

Mi sono svegliato sul pavimento del magazzino indolenzito e disorientato, ma ancora vivo. Forse avevo dormito un paio d'ore. Non avevo l'orologio, non lo sapevo. Sono uscito dal retro così come ero entrato. Ho lasciato le mie poche cose in camera, non m'importava riprenderle, troppo rischioso.

Fuori stava albeggiando. Ho vagato per la città per un po', poi mi sono seduto su una panchina. Sono ancora qui, adesso sono le nove, la città è deserta. È domenica, e la gente normale è in casa a curare il mal di testa da sbronza. Io invece devo fare il punto della situazione. Scrivo il diario, è l'unico modo per non fare accavallare i pensieri.

Sono un assassino. Le rivelazioni di Paul Hegarty non lasciano dubbi. In tutta onestà, non ne sono più sconvolto. L'ho accettato. Mi ha fatto male sapere di avere ucciso due uomini a freddo, ma non ho avuto la stessa reazione che ho avuto a Derry, ormai sono consapevole che nella vita precedente facevo parte dell'IRA e sono rassegnato a pagarne le conseguenze. A tale proposito, ho ancora la pistola, avevo intenzione di liberarmene, ma non la potevo lasciare nel magazzino dell'ostello. Ho deciso di tenerla, inizio a pensare che mi sarà utile.

La domanda che mi tormenta in questo momento è: perché non volevo che scoppiasse la bomba a Omagh? Ero stanco dei modi brutali dei dissidenti? Allora, perché mi ero unito a loro? Avrei dovuto conoscere i loro metodi. E dopo la mia fuga da Omagh, cosa ho fatto per un anno e mezzo? Dove sono stato? Immagino di essere finito per strada come Séamus e che i militari mi abbiano trovato e sequestrato. Sto fantasticando troppo, ora. Mi chiedo se abbia perso la memoria per motivi naturali oppure se la mia amnesia sia stata indotta dai servizi segreti. È possibile? È solo fantascienza? Non mi stupisce più niente ormai. E se la memoria tornasse all'improvviso? La loro missione potrebbe finire da un momento all'altro, così come la mia vita.

Una cosa, però, riesco a notarla adesso: non sono riusciti a far fuori nessun membro della vecchia IRA. Tutti coloro che sono stati freddati appartenevano ai dissidenti, eppure l'indizio della foto era il Dohertys, un covo di repubblicani che aveva accettato il trattato. Inizio a credere che l'uccisione dei dissidenti sia solo un incidente di percorso, che tutte quelle esecuzioni siano state eseguite per proteggere quella che intuisco essere la mia missione, ovvero avvicinare i vecchi repubblicani e farli fuori. Già, ma perché? Questo potrebbe causare una ripresa delle ostilità. Che sia proprio questo il loro scopo finale? È un'ipotesi spaventosa, ma verosimile.

Verso le undici sono riuscito a trovare un letto in un altro ostello, tanto per cambiare. Ho fatto una doccia e sono andato a comprare dei vestiti nuovi. Ho dormito tutto il pomeriggio e alla sera ho chiamato David, volevo fare due chiacchiere. Avevo bisogno di togliermi dalla pelle gli eventi della notte scorsa. Mi ha dato appuntamento per domani, non vedo l'ora di sentire una voce amica.

10 aprile 2000

Questa mattina ho avuto una rivelazione che
mi ha sconvolto. Un articolo sul giornale locale
riportava l'uccisione di Paul Hegarty. Lascia la
moglie e un figlio. Le sue simpatie repubblicane
erano note agli inquirenti. È stato ucciso davanti
a casa sua, e in tasca gli hanno trovato tre biglietti
per il traghetto per la Scozia. Il giornalista si
chiedeva se avesse pianificato una fuga. Me lo
sono chiesto anche io.

Pace all'anima sua.

Lo avevo lasciato andare ed è stato fatto fuori.
La mia teoria aveva un riscontro in
quell'ennesimo atto di morte. Davvero il
governo voleva far rinascere un conflitto appena
terminato? Non riuscivo a vederci nessun
vantaggio.

Speravo almeno che Paul avesse avvertito i
piani alti che gli omicidi non erano opera mia,
ma lo dubitavo.

Ho incontrato David in un pub del centro.
Abbiamo parlato della nostra adolescenza. Mi ha
raccontato qualche aneddoto divertente sulla
scuola di Shaw Road, le sigarette fumate di
nascosto e le prime ragazze. Niente che potesse
darmi delle dritte effettive su quello che mi

interessava, ma era gradevole ascoltarlo. Ogni tanto metteva una frase in gaelico e io rispondevo: "Iontach maith!"

Dopo la seconda pinta ho sentito la necessità di confidarmi, era l'unico amico che avevo e mi dava conforto parlare con lui.

"Senti, David, devo dirti una cosa, ma è un po' delicata."

Pausa.

"Sono convinto che l'MI5 faccia sparire le persone che erano con me nel movimento repubblicano."

C'è stato un lungo silenzio, ho avuto l'impressione che David stesse cercando le parole giuste per rispondermi.

"Sei sicuro di quello che dici?"

"Non ti rivelerò i particolari, ma ogni volta che incontro qualcuno che ha avuto a che fare con me, viene assassinato."

"Aspetta un attimo, non parliamo di questa cosa nel pub."

Siamo usciti a fare una passeggiata.

Ho ripreso il discorso in strada: "Anche ieri sera ho dovuto affrontare un paio di inconvenienti, diciamo così, e oggi ho letto sul giornale che una persona è stata freddata davanti a casa sua."

"Vuoi dire che sei coinvolto nell'omicidio di Paul Hegarty?"

"Non sono stato io, se è quello che ti stai domandando, ma l'avevo incontrato."

"E poi è stato ucciso?"

"Già."

"È terribile, Manus, sono sconvolto."

"Sembra che la morte mi stia alle calcagna."

"Non è che stai mettendo a rischio anche me?"

"Non credo, almeno che tu non sia stato all'interno del movimento."

"Certo che no, mia madre era gallese."

"Era gallese?"

"Per questo motivo mi ha dato questo nome. Quanti altri David conosci a Belfast? Ah, già tu non ricordi. Comunque siamo in pochi, e no, non sono mai stato un fan dei repubblicani anche se capisco i loro motivi. Perché mi racconti tutto questo?"

"Is tú an t-aon duine a bhfuil muinín agam as, a Dháithí."

"Go raibh maith agat, a chara."

"Sì, è vero, David, sei l'unica persona di cui mi fido, e poi non conosco molta altra gente"

"Non avevi una famiglia, a parte i tuoi?"

"Lo dubito. La mia vita, da quel che ho appreso, è stata molto turbolenta, non avrei potuto permettermi dei legami stabili."

"Capisco."

"Ti chiedo una cosa, David, sei in contatto con i tuoi parenti nel Galles?"

"Ho un paio di cugini che sento solo per Natale, a essere sincero."

"Stavo pensando che forse avrei potuto rifugiarmi nel Galles, cambiare vita, o meglio, nel mio caso, costruirne una nuova."

"Mi posso informare."

"Vorrei solo un aiuto per trovare una sistemazione temporanea."

"Come farai con l'MI5 alle costole. Hanno occhi dappertutto."

"Non lo so ancora. Escogiterò qualcosa, vedrò al momento. Potrebbe essere l'unico modo per uscire da questo limbo e dimenticare un passato che non ricordo."

"Domani farò qualche telefonata. Spero di poterti dare buone notizie, Manus."

"Ti ringrazio, David."

"Facciamo un'altra pinta? C'è della buona musica al Kelly Cellars, anche se è solo lunedì."

"Non me la sento, David, sono ancora frastornato da tutto quello che mi sta succedendo, non prendertela."

"D'accordo, allora. Ci sentiamo presto."

"Sicuro, oíche mhaith, a chara."

"Slán. Buonanotte a te, Manus, Tá súil agam go bhfeicfidh mé tú go luath."

"Lo spero anche io."

Sono tornato in ostello confidando in un futuro migliore.

11 aprile 2000

Stamattina mi sono svegliato confuso, sono indeciso sul da farsi. Credo che rimarrò un altro giorno a Belfast, voglio tornare al cimitero per far visita ai miei genitori. Magari più tardi chiamerò David per sapere se ha notizie sul Galles. Vediamo cosa dirà. Andarmene dall'Irlanda del Nord mi sembra sempre più la soluzione migliore.

Non capisco cosa sta succedendo. Sono sbalordito, scosso, perplesso; è difficile definire le mie emozioni.

Sono arrivato al cimitero con l'autobus, ho attraversato il cancello come l'ultima volta, ma non sono riuscito a trovare la tomba dei miei, eppure sono sicuro di aver percorso la stessa strada. Al suo posto ho c'erano altri due lapidi: i coniugi Blasket.

Stavo impazzendo? Sono tornato al cancello di accesso e poi di nuovo verso il luogo dove ricordavo essere la tomba. Non mi sembrava di essermi perso.

A pochi passi dai Blasket ho avuto la conferma. Ho riconosciuto lo strano nome che avevo notato qualche giorno prima: Dell'Amore. Allora non mi ero sbagliato. Com'era possibile che avessero modificato la pietra tombale? Non so come abbiano fatto, ma l'hanno fatto, i miei genitori non erano più lì. Ho pensato di chiamare David e farmi dare spiegazioni, era lui che mi aveva portato in quel cimitero. E mia cugina Claire, allora? Cosa ci faceva qui? Anche lei fa parte dell'MI5? E se non fosse l'MI5? Se fossero i repubblicani a seguirmi e voler farmi uccidere i loro ex commilitoni? Ho iniziato a dubitare di tutto ciò che stava diventando certezza.

Sapevo di non essere troppo lontano da Shaw Road, lo avevo visto nella cartina in ostello e ho deciso di verificare le mie ipotesi. Mi sono incamminato sicuro di arrivarci chiedendo informazioni ai passanti.

Circa mezz'ora più tardi ero all'entrata della scuola gaelica. Ho chiesto alla signorina al bancone di consultare gli annali.

"Abbiamo appena terminato di digitalizzare l'archivio, è tutto online, si può accomodare al computer e cercare da lì."

Ho controllato con pazienza gli anni in cui avrei dovuto essere iscritto. Niente. Nessun Manus McShane. Ho chiesto, per scrupolo, se ci potessero essere degli errori, ma la signorina è stata categorica, tutti i dati erano stati messi on-line accuratamente perché la direzione scolastica voleva un sito internet all'avanguardia.

Ho approfittato del computer e ho digitato su AltaVista il nome di Claire McShane, ma non è apparso niente di interessante. Solo dopo vari tentativi l'ho scovata. Si chiama Claire Sweeney, lavora davvero per un'associazione dedita alla pace e alla riconciliazione. È lei quella della foto. Che sia veramente mia cugina? Se lo fosse, cosa ci faceva al cimitero davanti a una tomba falsa?

Mi è venuto in mente Eoghan, il parroco Reid lo aveva riconosciuto nella foto, quindi ha abitato veramente a West Belfast ed era possibile che avesse studiato alla scuola di Shaw Road.

La mia intuizione era giusta, anche lui aveva frequentato l'istituto. Classe 1970. Ho cercato sul sito il mio presunto amico David. Non c'era traccia di lui. Tutta la mia vita è una menzogna. E i miei genitori? Sono ancora vivi? O forse non sono mai esistiti?

Mi sono messo a spulciare il sito dell'istituto per trovare il vecchio indirizzo di Eoghan, ma non sono stato fortunato. Mi sono imbattuto, però, in un altro O'Donnell. Ho pensato subito a una possibile parentela. Seán O'Donnell, insegnante di matematica in quella stessa scuola, nato nel 1967. Poteva essere il fratello. Ho riguardato la foto in cui Seán era studente, aveva una certa somiglianza con la foto di Eoghan. Sono uscito deciso a scambiarci due parole.

L'ho visto spuntare dopo la fine delle lezioni. La somiglianza con Eoghan con il passare degli anni si era un po' sbiadita. L'ho avvicinato presentandomi come un amico di Eoghan. Ha confermato di essere suo fratello, ma si è mostrato subito reticente a parlare con me.

"Sarò diretto Seán, io ed Eoghan eravamo insieme nel movimento repubblicano."

Mi ha guardato male.

"So che la scomparsa di Eoghan non facilita la mia presenza qui, ma ho bisogno di aiuto. Non ricordo niente della mia vita passata, so solo che io e Eoghan eravamo buoni amici, e vorrei sapere se ha mai parlato di me, il mio nome è Manus McShane."

"Mi dispiace, Manus, non ho molto da dirti sul passato di mio fratello, a parte che ha fatto una scelta comune a molti ragazzi dell'epoca. Preferisco ricordarmelo quando giocavamo a calcio gaelico insieme, prima che la causa, come la chiamava lui, ce lo portasse via."

"Forse potresti essermi d'aiuto in un altro modo, ho incontrato gente che mi ha detto di aver frequentato questa scuola, ma non c'è traccia di me."

"Te l'ho detto, non posso aiutarti, sono desolato."

"Sono stato anche a casa di Eoghan quando ancora non sapevo della sua scomparsa, ma l'ho trovata vuota."

"Vuota? Sapevo che l'appartamento era stato affittato."

"L'appartamento?"

"Abitava in un appartamento nel centro di Omagh."

"Io sono stato al cottage ai margini della città."

"Impossibile, ha vissuto lì gli ultimi tempi."

"Io, però, sono stato indirizzato al cottage."

"Chi ti ha inviato là, ti ha mentito."

"Ho pure trovato una foto nostra, in casa."

"Chi ti ha fatto entrare?"

"La porta era aperta."

"Senti, non ne voglio più sapere di questa storia. Scusami, ma devo andare, questa conversazione mi mette a disagio."

Se n'è andato. Quello che ho sentito non mi è piaciuto affatto e mi ha lasciato ancora una volta con l'amaro in bocca.

È tutto così confuso, surreale. Ogni mia ipotesi si è sgretolata, l'unica certezza è che sono stato incastrato, spedito a una casa di Eoghan fittizia, e da lì, di nuovo a Portrush. È sempre più evidente che la manipolazione di cui sono oggetto è molto più estesa di quanto immaginassi. Il dubbio di questa mattina che l'IRA fosse dietro alle esecuzioni è svanito, e l'idea dell'MI5 ha ripreso il sopravvento. Nutro delle perplessità anche su Eoghan, chissà se eravamo così amici oppure è una frottola. Credo che David mi debba alcune spiegazioni.

Prima di chiamare David ho telefonato a Claire da una cabina fuori dall'ostello, ma non ha risposto. Ero curioso di sentire cosa avrebbe detto. Poi ho composto il numero di David, mi è sembrato felice di sentirmi. Gli ho chiesto dei parenti nel Galles. Non li aveva contattati. Me l'aspettavo. L'ho rassicurato dicendogli che era mia intenzione partire per la Scozia, prima, però, avrei voluto salutare i miei genitori al cimitero.

Ha fatto una lunga pausa, stava cercando una scusa, ne ero sicuro.

"Se non puoi, non ti preoccupare, credo di ricordare dove sono le tombe," ho affermato.

"Dammi un po' di tempo per organizzarmi. Dove ti posso chiamare?"

"Ti chiamo io, sono in ostello."

"Quale?"

Gliel'ho detto. Per un attimo ho avuto paura di un'altra visita notturna.

"Forse riesco a passare domani, che ne dici?"

"Va bene, fammi sapere."

12 Aprile 2000

David è arrivato verso mezzogiorno. Ha detto di avere il turno di mattina nell'ufficio dove lavorava. Gli ho chiesto di cosa si occupasse, ma è stato molto vago. Un ufficio del centro, ha ribadito. Ho cercato di fare conversazione in macchina, ma è stato bravo a sviare le mie domande.

Una volta al cimitero, siamo andati dritto per la strada che ricordavo, ed esattamente una fila prima del luogo delle tombe, ho rivisto la lapide di Dell'Amore. Il mio sguardo è andato dove sapevo essere sepolti i miei. Ed erano proprio lì, intonse, con le foto e le lastre di marmo. Incredibile, nessuna traccia dei coniugi Blasket.

La mia prima reazione è stata quella di aggredire David, di colpirlo, di sfogare tutta la mia rabbia contro di lui, ma non l'ho fatto. Volevo sentire la sua replica di fronte alle mie affermazioni.

Per sfuggire ai miei impulsi violenti, mi sono focalizzato sulla pietra tombale, ci ho appoggiato la mano. Il marmo sembrava più massiccio delle altre. Ho cercato di smuoverlo, mi aspettavo un qualsiasi commento da parte di David che invece non si è espresso. Mi sono voltato verso di lui e gli ho lanciato uno sguardo di sfida. Non ha neanche cambiato espressione. Aveva messo su una faccia scura e solenne come si addice a un cimitero. Sono tornato a esaminare le fattezze della tomba, ho cercato uno sbalzo nel materiale, un indizio che mi facesse pensare che era stato in qualche modo sovrapposto all'originale. Niente, non so come avessero fatto, ma sembravano vere.

"Manus, se non hai bisogno di me, vado a fumare una sigaretta su quella panchina."

Ho annuito e sono rimasto solo con i miei dubbi. Possibile che mi fossi sbagliato? No, ero più che sicuro di essere stato nel posto giusto. La lapide non poteva essere stata cambiata in una notte. Oppure sì? L'ho toccata, spinta, ma non si è spostata. Mi sono voltato, David stava fumando; non faceva caso a me, ma immaginavo che con la coda dell'occhio mi tenesse sotto controllo.

"Le serve qualcosa?"

Ho alzato lo sguardo. Il guardiano del cimitero stava camminando lentamente verso di me.

"Se continua a smuovere quella lapide rischia di farla cadere."

"Mi è stato detto che si era rotta da alcuni membri della famiglia e stavo solo controllando, ma non mi sembra," ho risposto con una prontezza che ormai non mi stupiva più.

"D'accordo, ma non esageri, il marmo è molto pesante potrebbe caderle addosso."

"Grazie."

Ho lasciato perdere, avevo visto tutto quello che volevo vedere. C'era ancora in sospeso la storia della scuola di Shaw Road. Dovevo affrontare David.

"Senti," gli ho detto, "ieri sono andato alla scuola di Shaw Road, ma non sono riuscito a trovare traccia di noi. In compenso sono riuscito a parlare con un professore."

"Chi?"

"Non ricordo il nome," non ho voluto mettere a rischio la vita di Seán, "per fartela breve, io e te non abbiamo mai frequentato quella scuola."

"Non so che dirti, se vuoi ti porto una nostra foto."

"Potrebbe essere una montatura."

"Manus che ti salta in mente? Per quale motivo dovrei mentirti?"

"Non lo so, dimmelo tu. Potresti essere tu la spia che mi ha portato davanti a una falsa tomba dei miei."

"Cosa diavolo stai dicendo?"

"Sono venuto al cimitero ieri e non c'erano i miei genitori là sotto, ma il signore e la signora Blasket."

"Avrai sbagliato fila."

"No, ho riconosciuto la tomba di Dell'Amore esattamente una fila prima dei McShane."

"Che ti devo dire, io non lo so cosa hai visto, ma di certo ti ho portato alla tomba giusta, non prendertela con me se hai perso la strada, amico."

"Non mi sono perso, ero nel luogo esatto dove mi avevi accompagnato tu qualche giorno prima! E della nostra totale assenza dai registri di Shaw Road che mi dici? Non c'è traccia di noi."

"Mi stai facendo saltare i nervi, Manus. Non capisco cosa ti prende, dopo tutto quello che ho fatto per te, mi sento insultato. Visto che non mi credi, voglio dimostrarti che siamo stati in classe insieme. Andiamo a casa di mia madre, poi ti prego non chiamarmi più, ne ho abbastanza delle tue scenate."

David mi ha fatto segno di salire in macchina ed è partito a razzo verso Belfast nord. Quindici minuti più tardi eravamo davanti all'abitazione, una palazzina anni '80.

La signora non era in casa. Siamo entrati in quella che doveva essere la sua stanza da adolescente. Mi ha indicato il diploma appeso al muro e si è messo a rovistare nei cassetti. Gli ci è voluto un po' prima di tirare fuori la foto. Eravamo noi intorno ai sedici anni.

"Contento adesso?"

Mi ha riportato in centro e mi ha lasciato lì.

Non sapevo più cosa pensare.

Sto facendo pranzo in una caffetteria del centro cercando di trovare una soluzione tra il pane bianco e la maionese. Posso accettare il fatto che l'MI5 mi stia manipolando, ma la cosa che non riesco a capire è perché creare un passato diverso da quello che ho avuto, quando con la mia amnesia avrebbero potuto farmi credere qualsiasi cosa? C'è qualcosa che "loro" non vogliono farmi scoprire, qualcosa che va contro i loro piani.

Inoltre, il coinvolgimento di David in questa storia mi fa male. Avevo sperato di aver trovato finalmente la prova innegabile di un passato normale e di avere incontrato un amico, invece mi rendo conto che tutto ciò che mi ruota intorno è falso. In alcuni momenti ho perfino dubitato dei miei ricordi pur di credere di essere qualcun altro, ma non posso cancellare quello che ho visto. Anche mia cugina Claire non è chi dice di essere, ormai ne sono certo. Sono veramente solo. E se anche io fossi una menzogna, se non fossi mai esistito? Forse sto esagerando. Mi duole ammettere che essermi confidato con David è stato un grosso errore. Gli ho spifferato cose che avrei dovuto mantenere segrete. Adesso devo capire come muovermi, ma prima di prendere qualsiasi altra iniziativa devo scoprire se Manus McShane è esistito veramente.

13 Aprile 2000

Sono andato all'anagrafe questa mattina. Ero convinto che i miei genitori fossero stati inventati ad arte dai servizi segreti e invece sono esistiti! Si chiamavano Hugh McShane e Catherine Boyle. Avevano dato alla luce un figlio, Manus McShane, il 10 giugno 1970. Non credevo ai miei occhi. Avevo anche una sorella, Aoife McShane. Incredibile. Erano morti nel 1992. La storia corrispondeva. Aoife, invece, doveva essere ancora viva. Chissà dov'era.

Ho chiamato Claire. Aveva ancora il telefono staccato.

Devo riflettere.

La scena del cimitero mi passa davanti agli occhi: le tombe diverse, il tentativo di David di farmi dubitare di me stesso e tutto quel castello di bugie di cui sono stato vittima. Già, ma in che modo sono riusciti a cambiare la lapide dei miei? E il custode del cimitero? Deve per forza far parte di questo inganno, un membro dell'MI5. Un collaboratore? Nella zona cattolica? No, è più probabile un agente. Hanno così tanto potere? Non lo so. Speravo di trovare delle risposte e invece sto aggiungendo nuove domande. Il dubbio mi percuote ogni senso e si insinua tra le crepe delle mie certezze, ma so quello che ho visto, quello che ho sentito davanti alla tomba. Le emozioni erano vivide, così come vivida è tutt'ora l'immagine della lapide del signor Dell'Amore una fila prima dei miei. Non posso essermi sbagliato anche se loro stanno giocando con le mie debolezze.

Ho riflettuto tutto il pomeriggio sui fatti del cimitero e sono arrivato alla conclusione che ogni messinscena che l'MI5, o chi per loro, pone davanti ai miei occhi, ha una base di verità, in modo che se provassi a fare delle ricerche, tutti i dettagli sarebbero verificabili. Non potevano portarmi alla vera tomba dei McShane per il timore che incontrassi un qualche parente, è chiaro, non hanno voluto correre il rischio, e nonostante tutte le discrepanze sul mio passato di cui "loro" sono a conoscenza, mi tengono ancora in vita. Sarebbe stato facile togliermi di mezzo subito dopo la scenata al cimitero, ma non lo hanno fatto perché, alla fine dei conti, gli servo ancora per portare a termine le esecuzioni tra le fila repubblicane.

Sono convinto che se decidessi di abbandonare questa mia missione inconsapevole, sarei immediatamente ucciso. Per continuare a vivere devo assecondare le loro sicurezze e far credere che sto esitando davanti ai miei dubbi.

Credo che l'unico modo per avere delle risposte, sia parlare con quella che dice di essere mia cugina. Non sarà facile, il telefono è sempre staccato, ma devo confrontarmi con lei. È stata lei a indirizzarmi a Omagh alla falsa casa di Eoghan e sono convinto che sarà ancora lei a fare il prossimo passo. Ho pure stampato una sua foto per mostrarla in giro, qualcuno l'avrà pur vista a Derry, no? Domani lascerò Belfast per tornare di nuovo nel nordovest.

14 aprile 2000

Sono sull'autobus 212, sto arrivando a Derry, ho prenotato una stanza nel solito ostello. Spero di rivedere Claire, mi deve delle spiegazioni.

Durante il tragitto verso l'ostello, ho avuto un'altra rivelazione che mi ha turbato: ho ripensato al tentativo di rapimento da parte dei dissidenti e ho realizzato che se quella signora non avesse tamponato la macchina, sarei già morto. Mi sono venuti i brividi. La scena mi si è ripresentata davanti agli occhi: gli uomini che mi puntano la pistola, il tamponamento e la mia risposta, rapida e risoluta. Poi la fuga e la corsa sulle mura della città. Mi è tornato in mente lo sguardo sorpreso della donna, dimostrava circa quarant'anni, con gli occhiali... Ho sentito il cuore pulsare nella bocca dello stomaco. Conoscevo quella faccia, era la falsa bibliotecaria di Omagh! Non ci avevo più pensato da allora, ma era lei, ne sono sicuro.

Adesso è tutto chiaro. Il tamponamento mi ha salvato la vita innescando la mia reazione. "Loro" non potevano permettersi di perdermi all'inizio della mia missione, e per eliminare ogni rischio, hanno continuato con le esecuzioni:

hanno fatto fuori l'autista del commando e l'uomo che avevo ferito.

Ancora non credo a quello che ho scritto.

Sono rimasto in ostello per un'oretta, dovevo distrarmi. Ho preso un tè con Peter e abbiamo fatto due chiacchiere, poi è tornato ai suoi affari e io sono rimasto solo con i miei pensieri e ho sentito il bisogno di passeggiare. Sono uscito. Per strada, un poliziotto ha incrociato il mio sguardo e mi ha fatto un cenno di saluto. Un'idea strampalata si è fatta largo nella mia testa: se ero stato arrestato, come diceva Patrick Doherty, avrei potuto trovare una traccia del mio passaggio nella caserma della polizia. Dovevo provare. Soppesare le parole era importante, presentarsi alla guardiola e dire: "signori, anni fa facevo parte dell'IRA e voi mi avete arrestato. Io non mi ricordo un cazzo, cosa mi dite in proposito?" non mi avrebbe portato da nessuna parte.

Ho pensato di raccontare che stavo cercando lavoro e che avevo bisogno di una certificazione dei miei precedenti penali, ma arrivato alla caserma ho suonato il campanello e ho detto semplicemente che dovevo parlare con qualcuno. Sono entrato cercando di non sembrare uno squilibrato. Il poliziotto alla reception mi ha sorriso e prima che aprissi bocca, mi ha rivolto la parola:

"Maggiore Taylor, come sta?

Sono rimasto ammutolito. Il mio cervello ha provato a elaborare qualcosa, ma stava girando a vuoto.

"Era da tempo che non passava da Londonderry."

Cosa stava farneticando?

Sono uscito da quell'impasse dicendo: "Eh, già, quando è stata l'ultima volta?

"Due anni fa, prima della bomba di Omagh. Vuole parlare con il capitano Montgomery?"

"Ne sarei lieto, grazie."

Ha chiamato l'ufficio e mi ha detto di accomodarmi.

"la strada la conosce, vada pure."

Sono entrato.

Ho seguito il corridoio. Leggevo i nomi sulle porte: Hamilton, Shaw, Higgins e infine Montgomery. Ho bussato. Una voce decisa mi ha ordinato di entrare. L'uomo con pochi capelli bianchi sulle tempie si è alzato dalla scrivania e mi ha prontamente stretto la mano.

"James, che bello rivederti."

"Grazie, capitano."

"Mi chiamavi Robert, una volta, ricordi?"

No, ma non l'ho detto.

"Come va? Pensavo ti fossi ritirato, non ho più avuto tue notizie," ha continuato.

"Sono passato a salutarti, Robert, come ai vecchi tempi."

"Mio Dio, James, i vecchi tempi sono passati, adesso non è più come prima."

"Già, una volta per salutarci dovevo farmi arrestare," l'ho detto con un tono amichevole, come per scherzare.

Gli è sfuggito un mezzo sorriso.

"È vero, era l'unico modo per prendere informazioni senza destare sospetti. E loro se la sono bevuta."

Coincideva con il racconto di Patrick.

"Quei porci," ho aggiunto.

"Riuscimmo a prendere un paio di pezzi grossi, ma il lavoro era ancora all'inizio. Nell'aria c'era odore di cessate il fuoco, di una tregua permanente, e il governo ci aveva dato l'ordine di intercettare più terroristi possibili."

"Beh, sono stato fortunato, sono sopravvissuto."

"Sì, a quale prezzo, però."

Già a quale prezzo? Il prezzo di Omagh, probabilmente.

"Troppo alto," ho detto, sperando che si sbottonasse e che raccontasse ulteriori dettagli.

"Purtroppo."

Volevo che dicesse di più.

"A volte mi pento di quello che ho fatto."

"Non ci pensare, James, non ci pensare. È il nostro lavoro."

Niente, non si sbilanciava su nessun argomento.

"Senti, dopo Omagh cosa è successo? Ho un vuoto di memoria."

Mi ha lanciato uno strano sguardo.

"È per questo che sei venuto?"

"Anche."

"Quanto tempo ti manca?"

Era difficile replicare, ho cercato una risposta plausibile.

"Una settimana," l'ho guardato, non ha cambiato espressione. "Ho ricordi confusi," ho aggiunto, appariva più convincente.

"Ti hanno ritirato dalla missione, James, era finita. L'attentato era stato compiuto, non avevi più ragion d'essere. La tua copertura poteva essere a rischio e ti hanno prelevato," si è interrotto, "in stato di shock. Il resto è storia."

"Cosa avevo fatto?"

"Questo lo puoi sapere solo tu, James. Ripensandoci, mi sembra strano vederti di nuovo in Irlanda del Nord."

"Diciamo che mi sono preso una vacanza. Grazie, Robert, sei stato di aiuto."

"Sei già in partenza, James?"

"Sì, domani riparto."

"Spero che tu non abbia fatto il viaggio solo per me"

"Ero nei paraggi, Robert."

"Ci vediamo, allora. Salutami Sarah."

"Certo, riferirò."

Chi cazzo era Sarah? Un'amante, una fidanzata? Allora c'era qualcun altro nella mia vita oltre alla mia famiglia. Come avrei potuto rintracciarla?

Sono uscito, la giornata era ancora lunga. L'aria era fresca fuori, la pioggerellina sbatteva decisa sulla mia testa e risvegliava i miei sensi. Troppe notizie che non sapevo come gestire. Ho camminato per un po' senza meta. Un conflitto di immagini e pensieri si scontravano facendomi dimenticare di respirare.

Ho lasciato Strand Road per il fiume, speravo che la vista dell'acqua mi avrebbe rilassato. Mi sono fermato a osservare il Foyle. Scorreva docile, ma sapevo delle sue correnti assassine. Ho pensato di buttarmi. Potevo sparire. Di nuovo. Per sempre. Ci ho pensato a lungo, poi ho deciso che non era quel tipo di fuga che mi avrebbe salvato dal mio passato.

Sono davvero James Taylor? Tutto quello che credevo di sapere è stato demolito da quella dichiarazione spontanea. Manus McShane è un'invenzione, punto, e le cose hanno una sua

117

logica: Montgomery non sapeva della mia presenza a Derry, per questo è stato sincero. I servizi segreti stanno lavorando nell'ombra, adesso mi pare ovvio. E se il governo di Londra fosse all'oscuro di tutte le esecuzioni che avvengono in Irlanda del Nord? Non posso saperlo e non mi interessa. Quello di cui sono certo è che il sospetto di essere dentro un grande inganno è stato confermato da un membro delle forze dell'ordine.

Non so cosa fare. Cercare di varcare il confine con la Repubblica d'Irlanda adesso non ha senso, credo che "loro" stiano molto attenti a quello che faccio, se dovessi tentare la fuga, mi fermerebbero in qualche modo. E poi ho la carta di credito, sarei sempre raggiungibile.

No, devo andare fino in fondo, devo confrontarmi con l'MI5 e l'unico modo per farli uscire allo scoperto è non fare niente. Se hanno investito così tanto in me, non possono lasciarmi vivere nell'ozio e sperperare i loro soldi inutilmente, in qualche modo, interverranno.

Sono nel posto giusto, conosco la città molto bene e so dove andare. Abbandonarmi all'inedia farà spuntare dal nulla uno di quei personaggi che mi girano intorno fin dal mio risveglio a Belfast per convincermi a riprendere la ricerca. E già mi immagino chi: Claire.

15 aprile 2000

La mattina è iniziata con il niente, neanche il mal di testa. Ho vagato per le strade fino a mezzogiorno, nessuno ha cercato di contattarmi, neanche i dissidenti, eppure avrebbero diversi motivi per volere la mia morte.

Ho provato a fare una ricerca su internet. Ho digitato il mio nome, Manus McShane, su AltaVista per spasso. Non è apparsa alcuna informazione. Mi sa che non sono famoso.

Nel pomeriggio mi sono infilato in un pub. Sono passato di locale in locale fino a tardi. Verso le nove ero così sbronzo che sono tornato in ostello e ho scritto queste poche righe. Non c'è molto da dire, sono ancora sotto i fumi dell'alcol.

16-17 aprile 2000

Altri giorni passati senza nessun contatto.
Ormai nei pub mi riconoscono e mi salutano. Sto
diventando uno di loro. Inizio a pensare che non
ho più voglia di essere contattato, sto bene in
questo limbo tra pub e pinte di birra. Mi sto
abbandonando al nihilismo della normalità.

In ostello mi chiedono quanto mi fermo. Ogni
giorno dico un giorno in più. Sono preoccupati,
Pasqua si avvicina e vogliono evitare che le
prenotazioni si sovrappongano. Ho detto che
resterò tutto il weekend, tanto non credo che la
mia situazione migliori a breve.

19 aprile 2000

Forse l'alcol ha smosso alcune cellule del mio cervello. È successo nel tardo pomeriggio, stavo oziando sul divano ancora stordito da giorni di sbronze. La TV stava trasmettendo un documentario sulle città portuali della Gran Bretagna. Mi ero appisolato e nel dormiveglia ho avuto una specie di visione di una nave pronta a salpare. La sirena dell'imbarcazione è riecheggiata nella mia testa e ho percepito il profilo di una città che si stava allontanando. Ho aperto gli occhi e alla TV c'era un'immagine simile: Liverpool vista dal mare. È stato un flashback o un'evocazione provocata dalle immagini televisive?

Peter era in piedi. Stava guardando il programma con interesse.

"Sono passati tre anni dall'ultima volta che sono stato all'Anfield," ha detto.

L'ho guardato senza rispondere.

"Lo stadio di Liverpool, amico."

Anche quella parola mi ha dato un brivido. Anfield. Un brivido di povertà. Stavo iniziando a ricordare? Era come se quel nome mi facesse rivivere qualcosa di remoto, un'infanzia o un periodo lontano.

"Secondo te, quante persone di origine irlandese abitano a Liverpool?" ho chiesto Peter.

"Quante? A Liverpool ci sono solo irlandesi!"

"Dici sul serio?

"Certo che no, sto scherzando, però migliaia di irlandesi si sono trasferiti in città per cercare lavoro. C'è chi la chiama la capitale dell'Irlanda unita."

"In che senso?

"Nel senso che gli irlandesi sono emigrati dal nord e dal sud dell'isola."

"Pensi che sia possibile che ci siano delle persone che parlano ancora gaelico?"

"Non lo so, ma penso di sì, specialmente le generazioni più anziane."

L'ho ringraziato.

"Anche quest'anno vincerà il Man United," ha continuato a parlare di calcio. Ho cercato qualcosa da dire, ma mi ha anticipato, "un giorno torneremo grandi."

"Lo spero per voi, purtroppo non mi intendo di calcio," ho detto mestamente, poi ho assecondato una certa idea che mi era appena passata per la testa.

"Senti, Peter, sai dove posso trovare in città degli elenchi telefonici della Gran Bretagna?"

"In città non saprei, ma qui abbiamo qualcosa. Ho visto quello di Glasgow e Londra, ma forse ne abbiamo anche altri."

"Mi servirebbe quello di Liverpool."

Si è messo a ridere.

"Vuoi cercare tutti gli irlandesi?"

"Ho scoperto qualcosa di nuovo sui miei antenati, e mi è venuto in mente che ho dei parenti a Liverpool e vorrei fargli qualche domanda, ma non ricordo il loro numero di telefono. Sono gli zii di mia madre, capisci?"

"Tu sei tutto pazzo, amico!" Peter si è diretto verso un mobile della sala e ha aperto un cassetto. "Ecco tutto quello che abbiamo, serviti pure," mi ha fatto un cenno con la mano.

Mi sono avvicinato e dopo aver rovistato tra i vari volumi ho trovato l'elenco telefonico di Liverpool. Ho cercato i Taylor. Due pagine. Troppi.

Ho deciso di provarci comunque. Ho comprato una scheda telefonica e sono entrato in una cabina. Non tutti i Taylor hanno risposto e qualcuno è stato molto sgarbato. L'unica conversazione che mi ha fatto pensare è stata quella con un certo Philip Taylor che telegraficamente ha detto: "Scherzo, di pessimo gusto." Ho provato a richiamarlo, ma senza successo.

Insomma, non ho cavato un ragno dal buco, come si dice in gergo, e ho lasciato perdere. Il resto della giornata ho vagabondato cercando di non bere troppo.

20 aprile 2000

Oggi è successo qualcosa di inaspettato. Scrivo adesso, è quasi mezzanotte. Tutto è iniziato verso le tre del pomeriggio, ero rientrato dopo la camminata del mattino e mi ero seduto sul divano a guardare le notizie. Non avevo niente da fare se non aspettare l'ora di andare al pub. Dopo pochi minuti è suonato il campanello. Peter è andato ad aprire ed è entrato un ragazzo inglese, Tony da Liverpool. Questa città rientrava ancora una volta nella mia vita.

Si è seduto nella poltrona accanto alla mia e ha aperto i rubinetti della sua bocca logorroica. In un quarto d'ora mi ha raccontato tutta la sua vita. Aveva appena ottenuto un anno di aspettativa dal lavoro ed era diretto in Australia, prima, però, voleva trascorrere un po' di tempo in Irlanda. Poi sono iniziate le domande sul motivo della mia presenza a Derry.

Gli ho raccontato la mia solita balla sulle ricerche genealogiche aggiungendo di essere molto impegnato. Pensavo di averlo convinto a lasciarmi in pace, invece mi ha chiesto di mostrargli la città. È qui che ho iniziato a sospettare qualcosa. Era strano che un viaggiatore volesse passare con me tutto il giorno, ne avevo conosciuti parecchi durante il mio girovagare per ostelli ed erano tutti molto rispettosi degli spazi altrui. Tony, invece, si era appiccicato in modo anomalo.

"Sono appena tornato dalla mia camminata giornaliera, se vuoi possiamo andare al pub, stasera," gli ho detto.

Mi ha stretto la mano e abbiamo fissato per uscire.

Alle otto l'ho incontrato nella sala dell'ostello. Ha parlato per tutto il tragitto: lavorava in una scuola e voleva girare il mondo, aveva dei parenti in Australia e lui stesso era di origine irlandese. Il cognome della madre era Gallagher, veniva dal Donegal e l'indomani aveva intenzione di andare a trovare un vecchio zio.

Questa storia mi puzzava, non aveva l'aria del professore, né tantomeno quella del viaggiatore, sembrava più uno sbirro.

La conferma me l'ha data alcune pinte dopo, confessando che sarebbe rimasto qualche giorno a Derry. Sembrava che si fosse dimenticato dello zio in Donegal.

Poi è sparito. È andato in bagno e non è più tornato. Sono andato a cercarlo, ma non era alla toilette. Mi sono preoccupato. Non per lui, ma su cosa potesse succedere a me. Sono uscito dal pub e sono sceso fino alla piazza. L'ho visto di fronte all'entrata di un fast food che parlava con una ragazza.

"Claire?" ho urlato.

"Vi conoscete?" è intervenuto Tony.

"È mia cugina. O almeno è quello che vuole farmi credere."

"Manus, che dici?"

"Dico quello che so, quello che ho visto."

"Che ti prende, Manus?"

"Cosa mi prende? Prima mi convinci ad andare a Omagh in una casa che non è di Eoghan e poi ti trovo davanti a una finta tomba dei miei."

"Cosa sta succedendo? Non capisco," ha detto Tony.

"Tu zitto che sei uno di loro."

"Ti assicuro che non so di cosa stai parlando. Ho incontrato questa ragazza mentre stavo fumando una sigaretta, e mi sono offerto di accompagnarla a prendere un panino, tutto qua."

"Manus, io sono davvero tua cugina. Cosa ti è successo?" è intervenuta Claire.

"Va bene," ho fatto il gesto di andarmene.

"Aspetta, Manus, fammi cercare di capire."

"Non c'è niente da capire."

"Gli zii sono seppelliti a Milltown, proprio dove ci siamo incontrati, chi ti ha fatto credere il contrario?"

"Basta fingere, Claire, so benissimo che non sono lì. Ci sono tornato da solo senza il tuo collega, Dave, e ho trovato un'altra famiglia: i Blasket."

"Oh, Dio, Manus, stai vaneggiando. Inizio a pensare che tu non stia bene."

"E di casa di Eohgan, che mi dici? Abitava in un appartamento del centro di Omagh non in quel cottage pieno di spie."

"Manus, ti prego, basta, mi fai star male."

"Smettila di ripetere Manus, chiamami James. Una volta mi chiamavi così, non è vero?"

"Ma che diavolo dici? Chi ti ha messo in testa queste cose?"

"Qualcuno che mi conosceva veramente."

"Con chi hai parlato, Manus? Dimmelo, ti prego, non è possibile che tu sia cambiato così tanto in questi pochi giorni."

"L'autorità. La stessa autorità che voi dovreste rispettare. Coloro che dovrebbero difendere la pace e non riportare la guerra in questo paese dimenticato da Dio."

"Non dirmi che lavori per il governo," ha iniziato a urlare, "sei un traditore, uno sporco collaborazionista, sei tu che hai denunciato Séamus, è colpa tua se mio fratello è morto!"

"Tutto questo è assurdo."

Me ne sono andato senza voltarmi. Ero sicuro che Tony mi avrebbe attaccato, e invece è rimasto immobile. Se stava recitando la parte dell'idiota, avevano scelto la persona adatta per farlo.

Ho cercato di scrivere tutto, adesso vado a dormire. Se dovessi essere assassinato nel sonno, forse, ne sarei lieto.

21 aprile 2000

Mi sono svegliato. Vivo. Ho ripensato a quello che ho vissuto la notte scorsa. Sono pazzo? No. Se Claire e Tony avessero potuto eliminarmi, lo avrebbero fatto, ma era sera e la città piena di gente. Troppo rischioso. E Montgomery? Non sapeva della "loro" presenza a Derry altrimenti avrebbe tenuto il gioco e non avrebbe spifferato il mio vero nome. Non mi aspetto niente di buono. Immagino di essere rapito, portato in un luogo isolato e poi, bang, tutto finito. Spero almeno che mi venga rivelato chi ero veramente.

Mi viene quasi da ridere. È meglio che vada a fare colazione e inizi a pensare alla mia prossima mossa invece di fantasticare scenari da film di spionaggio di terza categoria. Pensavo che scrivere mi avrebbe aiutato a riflettere, e invece mi ha fatto valutare le ipotesi più assurde.

Sono rimasto in ostello, non avevo voglia di uscire e non sapevo dove andare. Ho chiesto a Peter che fine avesse fatto Tony. Se n'era andato al mattino presto.

"Aveva detto che si voleva fermare per alcuni giorni," ho affermato.

"Deve aver cambiato idea. Aveva pagato due notti, ma stamani se n'è andato senza chiedere i soldi indietro."

Un problema in meno.

Quando mi sono deciso a uscire, era quasi mezzogiorno. Peter e gli altri ragazzi stavano facendo le pulizie, non volevo essere d'intralcio.

Ho preso qualcosa da mangiare in centro poi sono sceso verso il fiume. Mi sono accorto di essere vicino alla stazione degli autobus e l'idea di fuga ha ricominciato a pizzicare. Sono entrato per dare un'occhiata. Sul tabellone, il primo bus in partenza era per Galway. Cinque ore e mezzo di viaggio. Galway, ovest profondo. Poteva essere una soluzione alla mia vita fatta di menzogne. Galway era una città turistica, avrei potuto cercare fortuna laggiù, lavorare in un ostello. Era quasi un mese che andavo in giro per ostelli, sapevo come funzionavano, e non avrei neanche dovuto preoccuparmi di un posto dove dormire.

L'idea mi piace. Sento un entusiasmo che mi ha fatto venire voglia di partire. Domani prenderò quel maledetto autobus.

Ho fatto sosta in un caffè per riflettere su come muovermi una volta arrivato a Galway, ma dopo solo pochi minuti, mi sono sentito chiamare: "Manus!"

Una ragazza dal cappello blu e gli occhi grandi mi guardava spaurita da sotto gli occhiali. Doveva essere appena entrata, aveva la pelle accaldata.

"Non mi riconosci? Sono Sarah."

Oddio, Sarah.

"Sarah," ho detto soltanto.

"Come stai? Non ho più avuto notizie di te da secoli."

"Bene."

"Sapessi quanto sono felice di rivederti."

"Dovrei esserlo anch'io, credo."

"Che significa?"

"Non lo so, scusami."

"Come non lo sai, Manus?"

"Purtroppo è la verità."

"Ti sento molto freddo, quasi non ti riconosco. È come se tu fossi un'altra persona."

"Forse lo sono."

"Dimmi la verità, ti prego, cosa ti è accaduto?"

"In tutta sincerità, non ne sono sicuro, ti posso solo dire che una parte di me se n'è andata."

"A cosa ti riferisci, Manus?"

"Questo è il problema, non ricordo."

"Cosa non ricordi?"

"Tutto."

"Cosa intendi con tutto? Non puoi aver dimenticato tutto."

Si era seduta e mi toccava la spalla.

"Ero così in pensiero per te," ha continuato.

"Chi sei, Sarah? Mi ricordo il tuo nome, ma non so nient'altro di te," pausa, "e neanche di me."

"Oh, Signore, cosa ti hanno fatto?"

"Lo vorrei sapere anche io."

"Manus, siamo cresciuti insieme, non ricordi? A West Belfast abitavamo nella stessa strada, giocavamo con gli altri, Eamon, Colm e Jimmy. Dopo l'uccisione dei tuoi sei partito per Derry, ti volevi arruolare. Sei finito a Portrush a lavorare in un pub, ma sapevo che non lavoravi veramente. Io, nel frattempo mi ero iscritta alla scuola infermieri, qui in città. Ci siamo visti qualche volta, beh, più di qualche volta."

"Eravamo amanti?"

"Lo siamo mai stati veramente?"

"Ti prego, Sarah, ho bisogno di ricordare. Se conosco il tuo nome significa che eri importante per me. Ho bisogno di risposte, non di domande."

"Spero di esserlo stata."

"Sarah!"

"Sì, ci siamo amati per qualche tempo, poi la causa ti ha portato via da me," ha detto seccamente.

"Via dove?"

133

"Portrush, te l'ho detto, lavoravi in un pub come copertura."

"E non mi hanno mai scoperto?"

"Sei stato arrestato una volta, che io sappia. Non avevano prove sufficienti per trattenerti e ti hanno rilasciato. Tu dicevi che non facevi il lavoro sporco, ma non ti credevo. Poi c'è stato il cessate il fuoco, la tregua, l'accordo del Venerdì Santo, e dopo, Omagh. Atroce."

"E poi?"

"E poi sei scomparso."

"Quando?"

"Dopo Omagh, nessuno ha saputo più niente di te."

"L'ho già sentita questa storia."

"Quanto ti fermi? Cosa ci fai a Derry?"

"Sono in cerca del passato, Sarah."

"Non sparire di nuovo, Manus, non lo sopporterei."

"Cercherò di non farlo. Dimmi una cosa, potrebbe esserci una remota possibilità che io avessi tradito la causa e fossi passato al nemico?"

"Perché dici questo, Manus? I tuoi erano stati uccisi, volevi vendetta."

"Ho solo il timore di averlo fatto. E i miei genitori chi erano?"

"Delle brave persone che hanno sempre odiato la guerra."

"E di Claire che mi dici?"

134

"Chi è Claire?"

"Mia cugina."

"Non la conosco," non mi ha dato il tempo di ribattere, "non dirmi che sei stato contattato da questa Claire. È stata lei che ti ha messo in testa che ti sei venduto ai britannici?"

"Non so più che pensare, Sarah."

"Forse è una tua ex amante che sta cercando di farti del male."

Mi è scappato un sorriso. "Forse. Mi sembra una vendetta troppo ben orchestrata."

"Le donne possono essere terribili quando sono ferite."

Non le ho detto tutto, non volevo.

"Come faccio a rivederti, Manus, hai un telefono cellulare?"

"No, non ce l'ho."

"Ma io ho bisogno di rivederti. Ti prego lasciami un contatto."

"Dammi il tuo numero, ti chiamerò io."

"Ci conto."

"Lo farò."

Mi ha abbracciato e me ne sono andato, troppe emozioni per un singolo caffè.

Ho passato tutto il pomeriggio a riflettere su quello che mi ha detto Sarah. Mi mancava quel passato così come mi è stato raccontato anche se non lo ricordavo. Se Sarah diceva la verità allora chi era Claire? E il capitano Montgomery che ruolo aveva in questo intreccio? Era troppo per la mia testa e mi sono buttato sul letto. Speravo che dormire rimettesse a posto i pensieri che infestavano il mio cervello e che non mi stavano portando da nessuna parte.

Quando mi sono svegliato, era pomeriggio. Sono sceso di sotto, ho preparato un tè e mi sono seduto davanti alla TV. Due australiani stavano parlottando sul divano. Mi hanno salutato allegri con quel loro accento che sembrava non avere preoccupazioni.

Ho provato a riordinare le idee: mi avevano convinto di appartenere all'IRA, di avere una famiglia a Belfast, e mi avevano pure convinto di essere una spia. E iniziavo a crederci. A tutto.

Gli australiani continuavano a ridere e scherzare. Sono uscito sul retro. Peter stava fumando una sigaretta, gliene ho chiesta una. Fumavo? Non lo sapevo, a parte i racconti di David, non ne avevo mai sentito il bisogno, ma l'ho accesa comunque.

Ho scambiato due parole con Peter, niente di che, poi è tornato ai suoi affari all'interno. Mi sono seduto su una sedia e ho iniziato a pensare a Sarah.

Davvero ho avuto una storia d'amore con lei? Cosa facevamo? Passavamo le giornate abbracciati sul divano quando non ero in servizio? Una donna dolce e comprensiva. Perfetta. Troppo. Ho avuto un sussulto e ho alzato lo sguardo. Il cortile sul retro era desolato e varie suppellettili colorate davano all'ostello l'aspetto di un ostello.

Sarah rappresentava l'ideale femminile per qualsiasi uomo. Anche per me. Amica d'infanzia, amante, confidente, disperatamente bisognosa dell'amore di un terrorista. Se così fosse, perché Montgomery sapeva della sua esistenza? C'era qualcosa di losco. Claire, la finta cugina. Tony che spunta quando interrompo la ricerca. Tony e Claire che discutono fuori dal locale. La rabbia, la delusione. Poi arriva Sarah, questa mia donna fantastica. Appare quando tutto è perduto per quelli che mi manovrano. Lei mi fa tornare sulla retta via, mi rivela un nuovo passato: Claire non esiste e lei è l'unica persona di cui fidarsi. Tutto maledettamente semplice. Io riprendo a scavare nel mio passato e "loro" a eliminare gli obiettivi grazie al mio involontario aiuto. No, questa pantomima deve finire, non posso andare a Galway, Portrush mi chiama, devo avere la conferma di ciò che ho intuito, ma ho il sospetto che l'ostello sia completo per l'avvicinarsi della Pasqua. Chiederò a Peter di telefonare.

Peter ha chiamato. C'era un solo posto disponibile. L'ho preso. Si è pure offerto di ridarmi i soldi dei giorni che avevo prenotato. L'ho ringraziato e gli ho detto di tenerli. Anche se è un cazzone, mi mancherà, e poi ho il presentimento che presto dovrò fare a meno di questa carta di credito, tanto vale lasciargli una mancia.

22 aprile 2000

Portrush, solito ostello. Betty è ancora là. Si ricorda di me. Tutto bene, le dico, si fanno incontri interessanti a Portrush. Sorride e mi indica la stanza.

Esco. Vado al solito pub. Johnny è di là dal bancone.

"Johnny," lo apostrofo, "fammi parlare con Patrick."

Lui strabuzza gli occhi e prima che dica qualcosa, proseguo: "Non cercare scuse e chiamalo."

Mi guarda stranito, poi si decide e lo chiama.

"Passamelo."

Dall'altro capo del telefono Patrick cerca il barista: "Johnny?"

"Sono Manus."

"Manus, santo cielo, ti avevo detto di sparire."

"Ho deciso di farmi ammazzare."

"E ci riuscirai benissimo."

"Non prima di aver saputo una cosa."

"Manus, per favore…"

"Solo, una, Patrick. Ti ho mai parlato di Sarah?"

"Che stai dicendo?"

"Sarah. Ti dice niente questo nome?"

"No, Manus, non la conosco."

"L'ho mai nominata? Era una persona a me cara?"

"Non l'hai mai rammentata, Manus."

"Ho avuto delle amanti durante i miei anni con il movimento?"

"Sì, Manus, qualcuna."

"Ma nessuna Sarah."

"Nessuna."

"Potrebbe essere un'amica d'infanzia?"

"Non lo so."

"Grazie, Patrick, ti sento sincero. Addio."

"Addio, Manus, spero di non rivederti."

"Neanch'io."

Decido di andare da Séamus. Lo trovo al solito posto con la barba lunga e i vestiti consumati.

"Ciao, Séamus."

"Sei ancora qua?"

"Sono tornato, ho ancora alcune cose da chiederti."

Gli mostro la foto di Claire.

"La conosci questa? Dice di essere mia cugina."

"Non mi sembra di averla mai vista."

"È stata lei a inviarmi tra le grinfie dell'MI5 a Omagh. Ho perfino trovato il suo profilo su internet, lavora a un progetto di pace e riconciliazione a Bruxelles. Possibile che sia una spia?"

"Tutto è possibile. Come si chiama, hai detto?"

"Claire, Claire Sweeney."

"Accidenti, ha il mio stesso cognome!"

"Cosa?"

"Abbiamo lo stesso cognome io e lei."

"Certo, Séamus Sweeney, ora capisco. Quindi tu saresti il fratello morto?"

"Io non sono il fratello di nessuna Claire, ragazzo. I miei parenti più stretti sono passati a miglior vita o emigrati."

"È stata lei a tirare a fuori la storia che è stato suo fratello Séamus, cioè mio cugino, a inserirmi nell'IRA."

"Quindi adesso saremmo cugini?"

"Secondo Claire. Ma è chiaro che è una menzogna, ha usato il tuo nome perché se avessi fatto delle ricerche, avrei scoperto che Séamus Sweeney è esistito veramente ed è morto."

"Eh, già, sei in una trappola bella e buona, non mi fiderei di questa Claire e dei suoi amichetti."

"Non mi fido, infatti, e non so neanche se il suo vero nome sia Claire. Il sito sembra reale, ma da quello che ho capito, ognuno può costruirsi una pagina web, pagando."

"Telefona a Bruxelles per sapere se esiste."

"Troppo complicato."

"Tu pensi che sia falso?"

"Lo sospetto."

"Ragazzo, segui l'istinto, se la tua pancia ti dice che è falso, allora lo è. La pancia non mente mai."

Si tocca lo stomaco.

"Sì, forse hai ragione, il sito non mi convince. Senti, Séamus, per pura curiosità, ti posso chiedere perché hai lasciato l'IRA?"

"Me ne sono andato perché sono rimasto deluso dai repubblicani. La loro idea di creare uno stato socialista è stata abbandonata per la violenza, e questo non mi andava giù."

"Quando te ne sei andato?"

"Poco prima del cessate il fuoco. Non avevo capito che una tregua permanente era nell'aria, così ho simulato la mia morte e mi sono rifugiato in strada."

Gli credo, puzza troppo per mentire. Gli allungo cento sterline e mi allontano.

"Dove vai adesso?"

"Non lo so, lontano da qua."

Mi incammino verso l'ostello con la testa piena di dubbi. Decido di fare due passi lungomare. Mentre scendo la scala che porta alla spiaggia vedo qualcuno, una faccia familiare che mi segue. La osservo velocemente, è il ragazzo che è entrato al bagno nel pub dei Dohertys dopo il contatto con l'IRA. Mi apposto dietro il cemento della gradinata. Lo aspetto. Appena si affaccia, gli salto addosso. Sono cosciente che è un militare e che potrebbe mettermi fuori gioco in pochi secondi, ma dopotutto lo sono anche io. Lo colpisco allo stomaco. Si accascia e lo sbatto a terra. Finisce con la faccia sulla sabbia. Gli metto il ginocchio sulla parte esterna del gomito. È immobilizzato. Il mio peso gli impedisce di muoversi.

"Cosa vuoi da me?" urla.

Gli prendo le dita della mano e inizio a far leva.

"Voglio sapere perché mi segui."

"Non ti sto seguendo, non ti conosco."

Gli rompo il mignolo.

Urla di nuovo.

"Allora?"

"Non so chi sei."

Un altro dito. Sta per svenire dal dolore. La mia testa mi dice che devo farlo fuori. Gli prendo la faccia e l'affogo nella sabbia. Si dimena e inizio a parlare al posto suo: "Ecco chi sono: James Taylor, nato a Liverpool da padre inglese e madre cattolica di Belfast. Mi arruolo nell'esercito, servizi speciali. Mi inviano a Belfast, dove vengo infiltrato nell'IRA con il nome di Manus McShane. Sono in grado di parlare con il loro accento e conosco perfino l'irlandese, un profilo perfetto per lavorare sotto copertura. Riesco ad arruolarmi nell'IRA e rimango con loro per anni. Dopo l'accordo di pace ricevo gli ordini di unirmi ai dissidenti. Poi la bomba di Omagh. Vi avverto dell'imminente attentato, ma voi decidete di non fermarlo. La rabbia e l'impossibilità di impedire quella carneficina, mi fa perdere la testa e uccido due miei commilitoni. Lascio tutto e scompaio. Non per molto. Mi trovate e cancellate la mia memoria con qualche espediente. Quello che ho fatto, però, vi è piaciuto e decidete di continuare a uccidere i repubblicani. I vostri bersagli sono tutti coloro che hanno firmato il trattato, e non disdegnate di assassinare anche i dissidenti che intralciano i vostri piani. Ma il vostro obiettivo finale è far riscoppiare la guerra civile perché la strage di Omagh non è andata come avevate previsto. Pensavate che la bomba avrebbe fatto saltare le trattative, invece ci sono stati un sacco di vittime civili e ha portato le due comunità ad avvicinarsi. Ho indovinato?"

Non risponde. Emette un gemito.

"Dove sono stato questi due anni?"

"Sei fuggito, Manus, ti sei rifugiato in Inghilterra, quando ti abbiamo preso eri fuori di testa. Ti abbiamo curato."

"Quanto tempo dopo?"

"Un mese, forse due."

"E il resto del tempo?"

144

"Sei rimasto in una struttura speciale, per recuperare le forze."

"È lì che mi avete cancellato la memoria."

"Non lo so, so solo che sei stato in ospedale a lungo."

"E Eoghan? Perché è stato freddato?"

"Anche lui lavorava per noi. È stato ucciso perché aveva tradito e si era unito alla causa repubblicana. Avevamo paura che anche tu passassi al nemico."

"Non capisco, Eoghan era un agente?"

"Rientra nei ranghi, James, potrai essere reinserito e tornare alla vita normale."

"Già, la mia vita normale, ne avevo davvero una?"

"Ti verrà restituito il tuo passato, James e allora capirai tutto, ma adesso devi finire la missione."

"Quale missione? Uccidere tutti i repubblicani in Irlanda del Nord?"

"No, solo un paio di pezzi grossi e poi chiudiamo con questa merda. Anche tu avevi una famiglia, non vuoi rivederla?"

"E far riscoppiare la guerra?"

Schiaccio il gomito con più forza.

"Non vogliamo la guerra, James, vogliamo solo che chi ha fatto del male paghi le conseguenze e non venga amnistiato."

Ho un brivido. So che è una menzogna. Capisco che se non voglio più uccidere devo farlo un'ultima volta. Gli metto le mani sul collo e stringo. Stringo finché il corpo non smette di dimenarsi, poi mi alzo e inizio a correre.

Corro pensando che potrei fuggire, andare a Liverpool e cercare la mia famiglia, poi mi chiedo: perché? Anche loro mi crederanno morto, anche loro saranno vittima delle menzogne dell'MI5 e non vorranno vedermi.

E io?

Ho scoperto chi sono?

No, ho scoperto solo cose che mi hanno fatto male e presto scompariranno anche quelle per mano dei servizi segreti. Adesso che ho ucciso uno di loro, arriveranno altri agenti e non avrò più scampo. Se non lo faranno loro, ci penseranno i dissidenti. Non ho scelta, il mio passato è troppo per il presente, mi rimane solo l'oblio.

25 aprile 2000

Ho visto Manus correre verso di me, era sconvolto. Mi ha dato questo diario dicendo che era l'unica prova della sua esistenza e mi ha detto di tenerlo nascosto. Poi mi ha lasciato la sua carta di credito. "Preleva il massimo e gettala via se non vuoi fare una brutta fine," ha detto.

Mi ha abbracciato ed è corso via.

Lì per lì non ho capito cosa intendeva, però sono andato subito a prelevare. Ho raggranellato un bel gruzzoletto per passare una Pasqua come si deve. Ho comprato una bottiglia di Buckfast, le sigarette e ho iniziato a leggere il diario.

Dio che storia! Ho il avuto il terrore che l'MI5 spuntasse da un momento all'altro e mi facesse fuori. Poi mi sono detto: sono già passati due giorni e nessuno si è fatto vivo. Sono stato invaso da una grande tristezza. Ho capito che la missione di Manus era terminata, in quale modo non lo so, ma sono sicuro che non lo rivedrò mai più, così ho deciso di scrivere l'ultima pagina del suo diario. L'ho fatto per lui, per la sua famiglia, per la nostra amicizia e anche per chiunque trovi questo quaderno, sì, perché quando lascerò questo mondo, spero proprio che il diario finisca nelle mani giuste e che qualcuno abbia il coraggio di raccontare la sua storia e far capire al mondo cosa sta succedendo in questo angolo d'Irlanda maledetto. Fino a quel momento, io, Séamus P. Sweeney, barbone a tempo pieno, rimango l'unico custode della curiosa esperienza di Manus McShane.

Printed in Great Britain
by Amazon

25899293R00086